Elard Hugo Meyer

Ueber Tandarois und Flordibel - Ein Artusgedicht des Pleiers

Antigonos

Elard Hugo Meyer

Ueber Tandarois und Flordibel - Ein Artusgedicht des Pleiers

Unveränderter Nachdruck der Originalausgabe von 1865.

1. Auflage 2024 | ISBN: 978-3-38648-168-7

Antigonos Verlag ist ein Imprint der Outlook Verlagsgesellschaft mbH.

Verlag: Outlook Verlag GmbH, Zeilweg 44, 60439 Frankfurt, Deutschland info@outlook-verlag.de
Vertretungsberechtigt: E. Roepke, Zeilweg 44, 60439 Frankfurt, Deutschland
Druck: Libri Plureos GmbH, Friedensallee 273, 22763 Hamburg, Deutschland

*gegen den dunkeln hintergrund des tyrannen Theoderich die hehre
figur des christlichen königs Ludwig desto strahlender abzumalen
(v. 1—146). in diesen betrachtungen wird er durch das hervor-
treten Ludwigs selbst, und seines hofes aus der pfalz unterbrochen:
diese erscheinung veranlaſst den dichter nunmehr in eigener person,
den kaiser, seine vier söhne, die kaiserin Judith und von den hof-
leuten Hilduin, Einhard und Grimald zu feiern, um endlich zu guten
wünschen für die regierung seines gnädigen herrn überzugehen und
noch einmal den ersten anlaſs seines werkes zu berühren (v. 147—
271). der werth seines gedichtes für uns liegt theils in der schil-
derung des fränkischen hofes in einem höchst schicksalschwangeren
augenblicke und zwar von dem standpunkte des kaisers aus, theils
in manchen etwas dunkeln kulturgeschichtlichen andeutungen. in der
auffaſsung Dietrichs von Bern schlieſst sich Walahfrid ganz an den
h. Gregor an, die kirchlichen ideen haben bei ihm das volksthümliche
völlig erstickt. über einen vielleicht auf unsere statue zurückzufüh-
renden fund von gediegenen eisenmassen in der nähe des alten kai-
serbades vgl. das morgenblatt für gebildete stände jahrg. 1817 nr 15.*
    Halle im Dec. 1864.   *Ernst Dümmler.*

UEBER TANDAROIS UND FLORDIBEL,
EIN ARTUSGEDICHT DES PLEIERS.

Drei lang ausgesponnene Artusromane sind uns, wie es scheint,
aus dem ende des dreizehnten jahrhunderts bewahrt, welche zum
verfaſser den Pleiære haben. den ersten derselben, den über 12840
verse sich erstreckenden Meleranz hat schon Franz Pfeiffer in der
Germania 2, 499 ff. in der kürze besprochen und Karl Bartsch jüngst
als sechzigste publikation des litterarischen vereins in Stuttgart im
j. 1861 nach der einzigen Donaueschinger handschrift herausgegeben.
das schluſswort zu dieser arbeit enthält einige hinweise auf die ent-
lehnungen des dichters, dessen sprache und den gang der fabel;
andere fragen sind unbeantwortet verblieben. über das zweite werk
des Pleiers, den Garel vom blühenden thal, handelte Zingerle in der
Germania 3, 23 ff. und nach seiner ebenda s. 24 gegebenen nach-
richt muſs dasselbe wenigstens 20000 verse ausfüllen [1]). auſser

___
1) Zingerle weiset der einzigen Linzer handschrift 169, Mone im anzei-
ger 8, 611 nur 164 blätter zu.

einigen lehnstellen aus Hartman von Aue und Gotfried von Strafs-
burg hat er uns charakteristischere verse in auszügen gegeben.
sichere auskunft über die person des verfafsers schien ihm aber
auch dies gedicht nicht zu bieten. deshalb habe ich das dritte werk,
Tandarois und Flordibel, einer betrachtung nicht unwerth gehalten,
deren ergebnisse, schon vor der ausgabe des Meleranz im wesent-
lichen festgestellt, durch diese hie und da befsere stützen erhielten.
wir kennen diesen an sich höchst langweiligen roman aus drei hand-
schriften. die Heidelberger, aus dem 15. jahrh. stammend, am an-
fang wie ende unvollständig, beginnt nach meiner verszählung erst
mit v. 766
Nâch ir willen als sy gert
seinen dinst er gein ir chert
und schliefst schon mit v. 17817
des er dickch trawrens pflag
statt mit v. 17906 (oder v. 17912). vgl. Friedr. Wilken gesch. der
alten Heidelberger büchersammlungen s. 449. 450 [1]). sie umfafst
nach ihm gegen 16300 verse. die zweite hs., die Münchener, welche
schon Schmeller für sein baierisches wörterbuch, z. b. 3, 289. 4,
102 und Ziemann zu seinem mittelhochdeutschen wörterbuch z. b.
zu kriuzestal, seit, smerzen, spaldenier benutzt haben, erwähnten
bereits v. d. Hagen und Büsching im grundrifs s. 150 (vgl. v. d. Ha-
gen, Docen und Büsching museum 1, 192). auf der dritten, der hs.
der Hamburger stadtbibliothek, ruht die folgende untersuchung, die
sich etwas gröfseren raum gegönnt hat, um die frage über den Pleier
zu möglichst vollständigem abschlufse zu bringen und weitere aus-
gaben vom Garel und Tandarois überflüfsig zu machen. an dem
Meleranz haben wir volle genüge.

Die Hamburger papierhandschr. in folio, die aus Z. C. von
Uffenbachs bibliothek stammt [2]) und in starken holzdeckel gebunden
ist, zählt 122 blätter, deren jedes mit ausnahme des titelblattes auf
jeder seite zwei spalten zeigt. auf die spalten kommen im durch-
schnitt 40 zeilen, die gesamtzahl aller verse beläuft sich auf 17906 oder
17918, woraus folgt, dafs die Heidelberger hs. nicht nur zu anfang
und ende, sondern auch an anderen orten lückenhaft ist. das ge-
dicht hebt mit einem spruche Freidanks an [3]) (bei W. Grimm s. 79.

<hr>

1) ein anderes stück aus dieser hs. theilt Mone im anzeiger 5, 423 mit.

2) vgl. Biblioth. Uffenbach. mscr. (1720) IV. s. 179.

3) wie die Würzburger hs. des turniers von Nantes mit Freidanks wor-
ten s. 54, 5. 6 schliefst.

9. 10), nach einer recension, welche zwischen der Stuttgarter hs.
des 15. jahrh. (f) und Boner (ð) in der mitte steht:

> Der wyſs ist ân sâlik
> ait, Das ist verbor
> gen hertzelait, Sin
> ne âne selde ist gar
> uerlôn . . . .

und schliefst auf s. 244 mit v. 17906: Amen, so varnt wir sâlklich.
das titelblatt enthält auf der stirnseite die fast ganz ausgekratzten
worte von alter hand:

> Diefs Buch ist . . . . . . Buch . .
> vonn Tollensperg Hoffmeisters . . [1])

darunter bemerkt eine jüngere: Das Buch Tandaryos und seyt von
Kunig Arthus hoffe. Fabula ut vocant Romanensis rhythmis germ.
exarata MCCCCLXIV vide in fine. auf der rückseite des blattes steht
die jahreszahl 1474 und in grofsen lettern darunter ATTEMPTO [2]).
dem letzten verse Pleiers folgen mit rothen buchstaben die drei
worte: das werd wâr, darnach mit gewöhnlicher dinte die verse.

> v. 17907   Das buch hat ein ende
>   got uns gen himel sende,
>   es ist komen ze ainem ufstrag
>   eben an sant Margreten tag
>   der hailigen und werden iuncfrowen,
>   diu sich kûlt in himelschen towen,
>   das geschach nach cristi geburt
>   tusent jar und vierhundert
>   der zal ist nit genû
>   vier uñ sehtzge zel ôch dar zû.
>   Also ist die zal gewesen
> 17918   da das bûch ist geschriben und verlesen.

1) diese worte enthalten wahrscheinlich den namen des ersten besitzers
der hs. und wurden von einem späteren vor Uffenbachs zeit fast vertilgt. die
anfangsbuchstaben des ortsnamens, auf den es hier ankäme, können für C und
T, für a e und o angesehen werden. der unten von uns bestimmten heimat des
schreibers nahe lägen Telsperg, eine stadt mit altem schlofs im canton Basel.
Tellenburg, ein schlofs bei Frutigen im Berner lande.

2) der wahlspruch des Württemberger grafen Eberhards im barte.

obgleich die letzte hälfte dieser zwölf verse sicher vom schreiber
herrühren, könnten doch die ersten sechs gut gereimten zeilen noch
dem Pleier zugetheilt werden müfsen, da auch der Meleranz wie der
Garel (Germ. 2, 25) mit ganz ähnlichen versen in der sechszahl endi-
gen. wieder roth gemalt beschliefst das ganze die bemerkung: Difs
bůch haisset Tandaryos bůch seit uon kunig Artus hoffe etc. ob-
gleich um zwei jahrhunderte jünger als das copierte gedicht, hat der
schreiber doch meist treu und mit fester hand, bis zum schlufse
derselbe, fortgeschrieben und sprachlicher neuerungen sich befser
enthalten als die von Wilken a. o. ausgezogenen stellen der
Heidelberger handschrift. die schreibung ihu X̣ für Jesu Crist
im gedichte weisen ihn vielleicht in den stand der gebildeten.
freilich mufs ihm die Artussage wenig vertraut gewesen sein, in-
dem er z. b. Lanzilet, ihren meistbesungenen helden, v. 1977 zu
Kantzilet entstellt, auch begreift er nicht mehr alle wortformen
der vergangenheit, so dafs er z. b. v. 1451 tugentlich für tougen-
lich, v. 1459 trotz des reimes auf Dynazarun statt Pertun oder Pri-
tun pruten, v. 1640 getolt für getobt, v. 2049, daz swert gesehent
was: gespart für gesegent wart, v. 7376, an wirdekeit ez iu kront:
komt für iu vromt (s. Parz. 626, 6) einsetzet. aufserdem läfst ihn
seine mundart manches nach schwäbisch-alemannischer weise um-
wandeln. daher gebraucht er grofsi gůeti wirdi liebi u. s. w. s.
Frommann mundarten 3, 62, triege für trůege, biezen glicke zichten
und ähnliches, au für â in hât v. 16. 21 ff., lâfs, stât u. s. w., ein-
mal sogar für a in verdaugen v. 1287, auch ó für â in on für âne
v. 612, hon für hân 1627, vgl. Fromm. a. o. 2, 106. 478. in dieselbe
gegend leiten uns die formen ir sint, Frommann a. o. 2, 112, da
doch der reim auf zit 3408. 5627 und überall šit fordert; linse
v. 11271 für lise, s. Schmid schwäb. wörterb. 352, wie der Schwabe
noch heute lais mit nasallaut ausspricht, s. Fromm. a. o. 2, 109,
während der reim wise v. 11396 lise verlangt; ebenso zinselin für
ziselin v. 426, wie der Schwabe den zeisig auch jetzt noch zaîsle
nennt. ja v. 12822 wird sogar der im Parzival öfter erscheinende
ortsname Liz trotz des reimenden vlîz in Lins verändert. dersel-
ben mundart gehören das schweizerische sunt oder sönd v. 1264.
1388 ff. statt sülnt, wend für welnt v. 1464, Konrads von Flecke
gént v. 1570 für gebent. allen diesen schreibarten nach ist der
schreiber dieses buches im südwestlichen Schwaben nahe der
Schweiz zu hause. aber nicht nur die gewalt seiner jüngeren und

andersartigen muttersprache hat ihn zu textesänderungen verleitet, auch flüchtigkeiten läfst er sich hie und da zu schulden kommen, wie denn nicht selten einzelverse ausgefallen sind, so nach v. 73. 410. 1254. 2431. 2784 u. s. w. eine andere flüchtigkeit verräth uns dafs er eine gute quelle benutzt hat; denn wo nach dem gange der erzählung die verse 2852—2914 folgen sollten, stehen die verse 2915—2976 incl. und jene finden sich zu spät an der stelle dieser. nun ist klar dafs unser schreiber hier ein blatt zuerst überschlagen gleich darauf nachgeholt hat, und zwar ein blatt, das auf jeder seite 31 zeilen trug. eine so eingerichtete handschrift aber wird der zeit unsers dichters nahe sein, dessen südlicher nachbar und altersgenofse Ulrich von dem Türlin seinen Wilhelm bekanntlich in gleichgemefsenen abschnitten von 31 versen dichtete. einer wirklichen gröfseren lücke aber begegnen wir nach v. 7235, u.

7232   dô nu guot gemach gewan   beidiu vrowen unde man
          als der werde helt gebôt   und daz si ir grôze nôt —
7235   uch wirt noch vergolten baz   sprach der degen valsches laz.
          Zuo Teschelartz dem fursten er gie u. s. w.,

wo von der einladung und der ankunft der drei männer Teschelarz Lyodarz und Todyla (s. unten) die rede gewesen sein mufs. der inhalt eines blattes wird hier übergangen worden sein, so dafs wahrscheinlich 62 verse fehlen, deren zahl für die breite darstellungsweise unseres dichters nicht zu hoch erscheinen darf. in die zweite spalte der 18. seite bringt er dagegen nur deswegen zwölf verse, weil das schlechte papier die dinte alzu stark durchschlägt. auf der sonst leeren seite 30 steht die entschuldigende bemerkung: Da sol nüntz stân. der schriber haut es über sehen.

Wir wenden uns zum gedichte selber. nach einigen betrachtungen über die stæte (v. 1—101) und einem in sechs nicht ganz gleichmäfsigen, zweitheiligen strophen abgefafsten minnegedichte (v. 102—137), deren erste lautet:

          Reiniu wîp,
          iur süezer lîp,
          der müeze immer sælic sin,
          stille und offenbar
          got uich bewar.
          des wünschet iu daz herze mîn.[1]

<hr>

[1] vgl. meister Rumezlant in v. d. Hagen MS. 2, 371b

bekennt der Pleier dafs er für ein ihm theures weib diese aventiure
niedergeschrieben habe. ihr inhalt ist dieser: könig Dulcemars von
Tandernas und Anditonien, der schwester Vergulahtes und niftel
des königs Artus, sohn Tandarois (diese form erweiset der reim auf
gurtois 230. 1034 ff.) hält sich an Artus hofe 'durch zucht' im zwölf-
ten jahre bereits auf, als vor dem könig, da er zu Dynazarun vor
Breziljan weilt, auf prächtigem rosse, dem geschenk ihrer vater-
schwester, einer göttin, Flordibel von India erscheint. wie jedes
hilfesuchers spottet Keii auch ihrer, zumal da sie verlangt, Artus
möge den, der sie zu minnen während ihres aufenthalts am hofe
sich unterfange, mit dem tode strafen. Artus zieht mit ihr nach
Karedœl in sein haus, Tandarois dient ihm und der jungfrau, deren
dienste er bestimmt ward, weitere fünf (v. 914, zehn nach v. 746)
jahre in aller treue, nachts die schwelle seines herren bewachend.
aber die liebe zu der fremden ergreift ihn so gewaltig dafs er beim
brotschneiden vor der geliebten sich die hand verwundet und in ohn-
macht sinkt. nur sie gewahrt das blut, auch sie brennt vor liebe.
solche herzensqual treibt eines nachts beide vom lager auf, sie treffen
sich an einem fenster und fliehen bald darauf zu Dulcemar, nach-
dem der geliebte der Flordibel versprochen hat ihr noch nicht bei-
zuliegen. Tandarois läfst das mädchen unberührt, weil sonst Artus
recht auf sein leben haben würde. der eilt rachedurstig mit der
tafelrunde gegen Dulcemars von Rynalt, Prandin, Mirangel und
Minantas verteidigte burg, und als Artus die versöhnende botschaft
des kühnen grafen Rynalt zurückweiset, stürmt Tandarois hinaus
und Keii wird zuerst durch seine hand vom pferde geworfen, dar-
nach Dodines Kalogriant und Iwanet. als er nun dem Artus ein

Reinez wip,
süezer lip,
got dich hât gehêret.

und die strophe a. o. 3, 446[b]

Sælic wip,
vil süezez wip,
dû gist vil hôhen muot.

herr Otte zem Turne a. o. 1, 346[b]:

Ach sælic wip,
dur dînen lip
muoz ich tragen sende nôt.

die meisten strophen des pleierschen liedes stimmen im bau mit denen Ottos
von Botenlauben HMS. 1, 29[a]. or 1. 2 überein.

dutzend leute nach dem anderen abgefangen, wird ein vertrag ge-
schlofsen, wonach Artus dem Tandarois das leben schenkt und ihm
als einzige strafe auferlegt, auf aventiure zu reiten, während Flor-
dibel von ihm getrennt bei der guten königin Ginover bleibt. an der
grenze entläfst Dulcemar den sohn unter weisen rathschlägen. als
Tandarois, welcher seinen oheim, den könig von Askalun ze Schaf-
fenzun (d. i. Vergulaht, vgl. Parz. 321, 19. 400, 5 ff.), aufsuchen
will, in gedanken an die geliebte versenkt seinem gesinde nachrei-
tet, wird er im walde von räubern überfallen, seine leute erschlagen
oder gefangen; er selbst, den sie nicht zu bewältigen vermögen, ent-
rinnt ins land des Teschelarz, Poytue (hier in der hs. Boygue), und
stürzt mit tiefen wunden bedeckt vor Todylas, eines kaufmanns,
thüre nieder. dieser nimmt ihn freundlich auf, der sohn des hau-
ses holt den besten arzt der stadt herbei; aber trotz der liebevollen
pflege, den ihm Todylas frau und tochter angedeihen lafsen, erhebt
er sich erst nach einem halben jahre vom krankenbette und zieht,
von seinem wirte mit einem spanischen rosse, harnisch aus Frank-
reich und helme von Portirs beschenkt, dankbaren gemütes von
dannen. wieder stöfst er in demselben walde auf eine räuberbande,
befreit den Lyodarz, den sohn jenes grafen Teschelarz von Poytue,
nebst der jüngst erworbenen französischen gattin, aus ihren händen
und nimmt, als die übrigen durch das schwert gefallen, drei gefan-
gen. gezwungene wegelagerer sind sie, wie sie erzählen, samt ihren
gesellen, gezwungen durch ihren herren Karedos, den riesen zu
Malmontan. wie seine drei riesigen genofsen, Ulian, Margon, Dur-
chyon, welche drei klausen auf der strafse nach der burg ihres ge-
bieters zu hüten haben, mufs auch Karedos unter Tandarois streichen
erliegen, so dafs eine unzahl besiegtes volkes, männer und frauen,
aus den burgverliefsen befreit wird, unter ihnen des helden eigene
früher gefangene knappen. alle werden der Flordibel zugesandt, wes-
halb Artus, von den bitten der bekümmerten jungfrau getrieben,
rasch dem Dydones aufträgt den ellenden wieder heimzuladen. aber
Tandarois hat sein neu erworbenes land Mermin, in dem Malmon-
tan liegt, bereits verlafsen, nachdem ihm daselbst Teschelarz, Lyo-
darz und Todyla einen besuch gemacht haben; hungrig sitzt er an
einer reichen tafel in einem menschenleeren hause auf einer schö-
nen waldwiese. plötzlich tritt die königin der zwerge, Albiun von
den wilden bergen (auch ze salvax montan v. 9688), zu seiner tief-
sten beschämung ein, indem er schon beim efsen begriffen ist; sie

verzeiht ihm huldreich und klagt ihm den raub eines ihrer mädchen.
alsbald rüstet sich der held gegen den entführer Kuryon, tötet dessen
leoparden und schickt ihn selber zu Flordibel. thatendrang treibt
den helden rastlos auf eine neue fahrt: den grafen Kalubin, welcher
vor seinen augen eine jungfrau mifshandelt, besiegt er auf einer
brücke und sendet ihn gleichfalls in den dienst der fernen geliebten.
wie er nun mit der befreiten Klaudine, der tochter Moraldes von
dem schönen walde und der Agnie, fortreitet, bezwingt ihn mit
grofser übermacht der rohe Kandalyon und wirft ihn in den hunger-
thurm Malmort auf der burg zer Montanie kluse, aus dem keiner
lebend ins licht zurückkehrt. Antonie jedoch, die schöne schwester
Kandalyons, wird von liebe zu dem tapferen jüngling ergriffen, er-
scheint über dem verliefs zu nacht mit zwei laternen, zieht ihn, von
ihren mädchen unterstützt, an zusammengenähten leintüchern em-
por und verbirgt ihn in ihren gemächern. als nun Artus drei tur-
neie zu Sabins bei der Karomica im lande Lover ansagt, entsendet
sie ihn herlich gerüstet zum straufse, nachdem er ihr seine rück-
kehr zugesichert hat. er besiegt den könig von Frankreich, zwei-
mal den von Aragun, dreimal ihren bruder Kandalyon; schon hat
ihn das auge der liebe, Flordibel, erkannt. sie bestellt fünfzig ritter
den geliebten nach dem dritten turnei zurückzuhalten, aber nacht
und mannheit lafsen den wortgetreuen zur Antonie entkommen.
nun bricht am hofe der schmerz über den abermaligen verlust des
ritters Tandarois laut aus, wer ihn wiederbringt, dem wird das her-
zogthum Emperuse als lohn ausgesetzt. daher bereut jetzt Kandalyon
bitter seine grausamkeit, bis einer seiner leute Kilimar ihm eröffnet
dafs Tandarois noch lebe. sofort wird der held unter allgemeinem
jubel zurückgeführt und Antonie erhält das herzogthum. seiner Flor-
dibel treu weist Tandarois die von Klaudine und Antonie auf seine
hand erhobenen ansprüche ab und feiert mit jener seine hochzeit,
während Artus Antonien dem könig Beagurs von Norwæge, Klau-
dinen dem grafen Kalubin, der sie früher aus allzu heftiger liebe ge-
schlagen hatte, zur ehe gibt. nach fröhlichem buhurt geht alles aus-
einander, Tandarois mit seiner gemahlin in die vaterstadt Tander-
nas, von da nach der schönen, thurmreichen stadt Karmil, wo er
um die pfingstzeit gekrönt wird.

 Wer bedenkt dafs diese nicht sehr inhaltsreiche und anzie-
hende fabel fast 18000 verse füllt, wird schon von vornherein dem
verfafser eine unerträgliche breite zur last legen. dieser vorwurf

trifft vor anderen besonders die letzte hälfte des gedichtes, die nur
aus dem kampf mit Kalubin und Kandalyon, den turneien und der
hochzeit besteht. einige kleinere scenen in dem ersten theile unter-
halten etwas befser, besonders spricht aus der schilderung der ersten
liebe zwischen Tandarois und Flordibel, der gastlichen aufnahme
des ritters bei dem kaufmanne und des wiedersehens seiner leute
auf der burg Malmontan eine gewisse natürliche einfachheit.

Den tausendmal wiederholten berufungen unseres dichters auf
eine aventiure, ein mære und buoch mag ich keinen glauben schen-
ken, obgleich er v. 4050ff. ganz bestimmt aussagt

> Mîn kranker sin mir daz gebôt,
>
> daz ich mich der rede unterwant.
>
> An einem *buoche* ich die vant
>
> in *wâchlichen gerihte* (l. wälischen getihtet)
>
> Nû hàn ich si berichte (l. berihtet)
>
> mit worten, sô ich beste[n] kan

und ebenso bestimmt versichert v. 17871

> Ditz vremde mære
>
> hât der Pleiære
>
> von der *welsche* an die tiutsche brâht.

denn wie seine meldung schon in diesen zeilen zwischen dem ge-
lesenen buche und dem vernommenen mære schwankt, so hat er
durch das ganze werk hin bald die geschichte sagen hôren, wie
v. 2726. 2751 u. s. w., bald liest er sie an der àventiure, v. 9835.
13608. 14158 u. s. w. im Meleranz redet er nur von sagen und
hôren, àventiure und mære, nirgend von buoch und lesen, vgl. die
ausgabe von Bartsch s. 367. der Garel spricht wenigstens an einer
stelle vom lesen, wie es aber scheint, nicht von einem buche, vgl.
Germania 3, 27. 28. häufig meldet der Tandarois dagegen vom
lesen, seltener vom buch. alle diese formeln sind blofse füllwörter,
die höchstens die kraft einer versicherungspartikel, nicht aber den
beweis einer quelle mit sich führen, schon deshalb nicht, weil sie
besonders gerade die unbedeutendsten umstände als alt überlieferte
zu betheuern lieben. ebenso nichtssagend ist auch schon die jener
des Tandarois gleiche niederländische formel 'als ict in den Walsche
las' im Roman van Heinric end Margriete van Limborch door Hein-
ric, mitgegeven door van den Bergh (Leiden 1846) dem herausgeber
in der inleiding s. 19 mit vollem rechte erschienen. unserem dich-
ter hatte bereits der ihm nach alter und heimat benachbarte Stricker

in seinem Daniel von Blæedental für die weise solcher 'trüglichen
mære' das beste vorbild aufgestellt, der keine scheu trug, nicht nur
auf eine wälsche quelle, sondern auch erweislich unwahr auf eine
ganz bestimmte person, meister Alberich von Bisenze als gewährs-
mann sich zu berufen, vgl. Germania 2, 29. meiner annahme, des
Pleiers glaubwürdigkeit stehe auf schwachen füſsen, kommen ver-
schiedene andere umstände zu hilfe: denn auffallen muſs es doch
daſs keinem unter den drei werken desselben,. die doch zusammen
mindestens ein halbes hunderttausend von versen stark sind, eine
wälsche d. h. französische oder provenzalische, oder überhaupt nur eine
fremde quelle nachgewiesen werden kann. ja zwei von den haupt-
helden, Meleranz und Tandarois, treten auch in deutschen vorpleier-
schen Artusgedichten nie und nirgend auf, nur der Garel wird ein
paarmal mit einigen einzelzügen von Wolfram von Eschenbach er-
wähnt, s. Germ. 3, 23. 24, sein bloſser personenname Garel nur im
Erec v. 1649. für theile des Garel, dessen titel 'vom blüeden tal'
aber auch Hartmann und Wolfram nicht kennen, wäre daher noch
am ersten die annahme einer quelle zuläſsig, zumal auch der Tan-
darois v. 2540 ff. nach anderen auch sonsther bekannten kämpfen
Keiis mit verschiedenen Artushelden einen streit desselben mit
Garel genauer bezeichnet, welcher, wie die vierzehnte Runkelsteiner
freske des dritten cyklus Germ. 2, 469 ergibt, auch im gedichte
vom Garel sich wiederfinden muſs. im Tandarois lauten jene
spottverse:

> ir (Keii) nâmet ouch dem degen snel
> dem ellensrichen *Kârel*
> sîn ors, helm unde swert,
> daz sant ir dem degen wert
> hin wider durch hüpschlîchiu dinc.

doch darf man selbst hier dem verfaſser nicht zu fest vertrauen;
denn die Germ. 3, 31 dem Garel enthobenen stellen sind zum haupt-
theile offenbar aus dem Parz. 498 genommen, was Zingerle nicht
beachtet hat. vgl.

> Parz. 498, 26   dâ nâch der ane dîne
>   Gandîn wart genennet ...
>   499, 5   Gandîn von Anschouwe
>   hiez si dâ wesen frouwe.
>   si heizet Lammîre:
>   so istz laut genennet Sûre.

92, 27   dô ir erstarp Gandîn
          und Gâlôes der bruoder dîn
420, 8   sîn an der künec Gandîn
   10   Gahmuret und Gâlôes
          sîn œheime wâren.

alle diese eilf verse finden sich im Garel gar nicht oder wenig ver-
ändert neben einander geschoben. auch die erwähnung des steiri-
schen panthers s. 25 hat wol Parz. 101, 7 vor augen gehabt. vgl.
Haupt in der zeitschr. 11, 46 ff. aufserdem wird die glaubhaftigkeit
Garels vom blüeden tal, der sich überdies nie ausdrücklich, wie es
der Meleranz und Tandarois thun, auf eine wälsche quelle beruft,
stark erschüttert, wenn man hinblickt auf den so eben angezogenen,
fast gleichnamigen Daniel vom blüenden tal[1]). zwei Artushelden
mit demselben, noch dazu gerade wie erfunden aussehenden bei-
namen, dem der Stricker eine entschieden falsche quelle, der
Pleier gar keine nachweiset, flöfsen uns nicht viel ehrfurcht vor
einem auf echter sage ruhenden alter ein, von beiden am wenig-
sten der letzte. sehen wir nämlich genauer zu, so hat der jüngere
Pleier dem wahrscheinlich um die mitte des 13n jahrh. verstorbenen
Stricker nicht nur den zunamen eines ritters, sondern auch die
wichtigsten heldenthaten desselben geraubt. denn abgesehen von
den anderen ortsnamen im Daniel, der trüebe berc s. Bartsch ein-
leitung s. xiii, der liehte brunne s. xvi, diu grüene ouwe s. xxi, diu
klûze s. x, deren allegorische farbe lebhaft an die örter Belamunt im
Garel Germ. 3, 33, Monteflor im Meleranz, an die klüsen, die wil-
den berge u. s. w. im Tandarois erinnert, abgesehen von den käm-
pfen, welche beide verfafser ihre helden mit ungeheuern, riesen und
zwergen ausfechten lafsen, treffen sie auch in bestimmteren zügen

1) früher hat man, wie v. d. Hagen im grundrifs s. 149, nach dem titel
beide dichtwerke für ein und dasselbe gehalten, jetzt Pleiers Garel daz blüende
tal, Strickers Daniel daz bluomental zugewiesen: ich glaube beide nach dem
ersten ortsnamen benennen zu müfsen, da zwar in Rudolfs Wilhelm von Or-
lens die mehrzahl der handschriften Bluomental bietet, aber doch zwei blugen-
tal und die lafsbergische bluende tal hat, s. Wackernagels leseb.[3] s. 607, end-
lich in Strickers gedicht selber die Münchener hs. zweimal sagt: der was Da-
niel genannt, daz *blüende tal* ist sîn lant, vgl. K. Bartsch einleitung zu Strickers
Karl s. ix. auch Kourad von Stuffeln nennt Daniel von Pluental. ebenso bietet
auch die einzige hs. des Garels statt blüenden tal wol auch bluomen tal, s.
Germ. 3, 32, während meister Altswerts Spiegel (Stuttg. verein XXI. s. 164)
von Blumendal herr Danyel hiegegen kein gewicht hat.

zusammen. man beachte nur was Bartsch a.˜o. s. xii über das
17. capitel des Daniels berichtet, wo der riese ein aus gold gegofse-
nes thier schildert, dem im munde ein banier steckt. wenn dies
herausgezogen wird, erhebt das thier ein solches geschrei dafs alles
zur erde fällt. ganz dieselbe darstellung finden wir im Garel, dessen
in der Germ. 3, 31 ausgezogene verse wörtlich mit den stricker-
schen stimmen möchten. weiter erzählen der 45. und 46. abschnitt,
wie Daniel einem ungeheuer ein haupt abnimmt, dessen anblick
tödtet, und wie er es dann in einen tiefen see schleudert, s. xv. xvi.
Walganus, das ungeheuer, wird in gleicher weise vom Garel besiegt,
sein haupt, dessen anblick ebenfalls tod bringt, wird in einen see
geworfen, s. Germ. 3, 39. 40. 2, 469. wie Daniel eine wohlbesetzte
tafel in einem schönen leeren zelte auf einer grünen aue antrift, der
auch meerweiber nahen, a. o. xvi. xx, so findet Tandarois einen
einsamen tisch und Meleranz meerweiber in ähnlicher umgebung.
hätten beide dichter, von einander unabhängig, dieselben älteren
überlieferungen benutzt, so ersähe man aus den in anderen dingen
so ganz verschiedenen werken doch jedesfalls wie willkürlich sie
mit jenen verfahren. mir kommt nach dem angegebenen wahr-
scheinlicher vor dafs der Pleier Strickers fabel benutzt habe, gerade
weil er wohl mit denselben zügen sein werk schmückt und mit ähn-
lichen namen ausstattet, dieselben namen aber vermeidet um sich
nicht sofort zu verrathen. für den haupthelden mochte er eine aus-
nahme machen, da dessen zu seiner zeit auch schon bekannter vor-
name Garel, wie der name vom blüenden tal, anlocken sollte. der
Stricker hatte vor ihm dasselbe auf andere weise zu bewirken ver-
sucht, indem er in die Artussage plötzlich einen biblischen Daniel
warf. einzelnes, antikes wie romanisches, hat er in seinen nach ana-
logie entworfenen roman geflochten. die behauptung einer eigent-
lichen älteren grundlage eines Danielromans kann Bartsch in der
Germ. 2, 449 ff. wohl schwer gegen Holtzmann in der Germ. 2, 29
aufrecht halten. finden sich überhaupt in Strickers zahlreichen ge-
dichten irgend welche andere romanische spuren? an den sagen-
hafteren Garel vom blüenden tal, der doch wenigstens bei drei deut-
schen dichtern vor dem Pleier in namen und that dasein hatte,
lehnte der dichter nun die im übrigen ganz heimatlosen Meleranz
und Tandarois, indem er jenen zum vater Garels erhebt, vgl. Germ.
3, 32, den Garel wiederum als den vetter der Anditonie, der mutter

des Tandarois, bezeichnet. in unserem gedicht spricht Garel zu
könig Dulcemar v. 3074

> wan iuwer wip, diu künegin,
>
> miner muomen tohter ist,

und Anditonie sagt in übereinstimmung damit v. 3418

> Kârel miuer muomen sun.

Meleranz titel von Frankriche klingt nicht nach echter sage, Tanda-
rois tönt fast griechisch und Flordibel nur wie eine nachbildung von
namen wie Blancheflor und Beaflor, die namen Tandarois und Me-
leranz kennt weder das verzeichniss der tafelrunder im Erec v.
1628—1692, noch das in der Krone v. 2291—2344, noch das
in Strickers Daniel, vgl. K. Bartsch einleitung zu Strickers Karl s. ix.
ja keine von den listen der französisch-englischen tafelrunden, welche
die namen ihrer mitglieder auf die zahl 168 bringen, enthält jene
beiden namen, vgl. Gräfse die grofsen sagenkreise des mittelalters s.
149—151. Konrad von Stoffeln, der aufser Meleranz auch Daniel
vom Pluental und Karel und Edelanz erwähnt, wird sich bereits auf
Pleiers gedichte beziehen, wie auf das bruchstück des deutschen
Edelanz in den altdeutschen blättern 2, 148. auch Flordibel wird
von der Krone v. 1220—1630 nicht genannt, wo sich doch der
Türliner bemüht alle frauennamen aus der Artussage zusammen-
zubringen. und leider stehen nicht nur die helden Garel, Meleranz
und Tandarois in naher verwantschaft, auch ihre thaten und erleb-
nifse sehen einander zum erschrecken ähnlich. die liebschaften
treten wie im Daniel in den hintergrund, dafür füllen riesen- zwerg-
und waldweiberabenteuer in allen drei romanen unseres dichters die
erste, und noch um vieles langweiligere turniere die zweite hälfte
seiner unabsehbaren versstrecken. und wie geistvoll der Pleier zu
variieren weifs! im Garel kommt könig Albewin mit seinen zwer-
ginnen angeritten, s. Germ. 2, 468, im Tandarois reitet die königin
Albium zu ihren zwergen. wenn er Dulcemar, dem vater des Tan-
darois noch aus Wolframs Wilhelm das königreich Tandernas zu
verschaffen wuste, so würfelte er die buchstaben dieses namens
durch einander und erhielt doch so auch für seinen Meleranz einen
romanisch klingenden landesnamen, Terrandes. Roconica im Meler.
3576. 3702 sieht nur wie eine willkürliche verwandelung der sagen-
haften Caronica aus. die untergeordnete stellung unseres verfafsers
mag der umstand andeuten dafs er im Meleranz und Tandarois,
vielleicht auch im Garel, die befreiung der knappen und niederen

leute durch die ritter hervorhebt. er trägt auch kein bedenken für
ähnliche scenen dieselben verse zu verwenden, z. b. als die jungfrau
den ritter zum sitzen auffordert

antwortet Tandarois v. 1163
'Frow làt mich bi witzen'
sprach T. 'des wær ze vil.
Umb iuch ich immer dienen wil,
daz ir . .

und Meleranz v. 899
Frowe, làt mich bi witzen.
solt ich vor iu sitzen,
des wær mir armen kneht
ze vil.
immer ich daz dienen wil,
daz ir . .

v. 1173   er saz
von ir verre dort hin dan
und sach si bliuclichen an.
swenne er an si blicte,
dà von sin herz erschricte,
daz er wart bleich unde ròt.
diu gròze liebe im daz gebòt:
sus miste sich diu varwe sin.

v. 912 dò saz der wol gezogen man
von ir verre dort hin dan
und sach si bliuclichen an.
v. 1217 swenn er an si blicte,
sin herz dà von erschricte:
sò wart er bleich und dar
nàch ròt,
als im ir minne gebòt,
v. 1225 sò wandelt ir varwe gar.

mehr solcher selbstplagiate aufzustöbern wird man mir erlafsen und
lieber mit mir zu der frage übergehen. in welcher reihe diese drei
gedichte sich einander folgen.

Mir scheint der Garel. wie er noch verhältnissmäfsig am näch-
sten der wirklichen sage steht und im grofsen ganzen an Strickers
erzählung, weniger an dessen darstellung anlehnt, wie er den offen
genannten Hartmann, aber noch in geringerem mafse, wie es scheint,
den Wolfram benutzt, s. Germ. 3, 26. 27, Pleiers erstlingswerk zu
sein. dieser annahme stimmen die a. o. 25 ausgezogenen verse bei,

der daz buoch hàt getihtet,
der ist *noch unberihtet*
ganzer sinne.

und unbekannt mufs er damals noch nach den worten gewesen sein

ich wil iuch rehte bediuten,
swà ir in hœret nennen.
daz ir in mugt erkennen:
man heizet in den Pleiære.

der Tandarois kennt, wie schon früher bemerkt, den Garel bereits;
aber bald nach diesem mufs er gedichtet sein, denn er redet v. 4050
ebenfalls noch von seinem *kranken sinne.* dem Garel gegenüber

scheint es neuerung dafs im Tandarois zwischen die epischen reim-
paare mehrere lyrische strophen eingeschoben sind, und dafs durch
diese und die folgenden schon wieder in das gewöbnliche mafs ein-
lenkenden verse der etwas reifere dichter sein werk seiner herzens-
königin widmet. in dieser jungen liebe hat er leid noch nicht
empfunden, wie er v. 8056 nach Hartmanns weise aussagt:

> swer liep hàt, der hàt dicke leit,
> ich weiz sîn niht, ist mir geseit:
> lîp gît verborgen
> beidiu vröude und sorgen.

mit diesen worten scheint einiger mafsen der lange herzensergufs
des dichters von v. 16999 — 17082 in widerspruch zu stehen, wo
er sich besonders gegen die weiber richtet, deren männer von ihnen,
weil sie meisterinnen sein wollen und ihre gatten nicht lieben, grofse
schwere erdulden, eine höllenstrafe auf der erde, nacht und tag.
seine eigene person scheint da erfahrungen gemacht zu haben,
denn in v. 17062, ich wil iu sagen mère, v. 17065, ich wil iu sagen
sunder spot, drängt sein ich sich vor, wie sonst sehr selten und er
schliefst seine strafrede mit den worten

> diu valsche vert doch dà si sol,
> daz weiz ich mit der wàrheit wol;
> solt ich sprechen daz ich weiz und (daz ich) kan,
> beidiu von wîben unde man,
> der rede würde al ze vil,
> dà von ich ir geswîgen wil.

auch hat der verfafser in den Tandarois mehr, wie es scheint, er-
fundene, keine echt sagenhaften namen eingeführt als in den Garel,
zugleich zeigt er eine schon ausgebreitetere bekanntschaft mit deut-
schen dichtern, besonders mit Wolfram, wie man unten sehen kann.

Der Meleranz scheint nach dem ernsten, über die abnahme guter
dinge klagenden eingange von einem reiferen manne verfafst zu
sein, der schon oftmals die ehre des tüchtigen, die schmach des
schlechten gesehen hat, v. 86—90. jetzt erwähnt er denn auch nicht
nur Hartmann, sondern auch Wolfram v. 106—109. und auch mit
den verlorenen umhang Bliggers von Steinach scheint er sehr ver-
traut geworden zu sein, s. Bartsch a. o. s. 365'. sein gedicht widmet
er nicht mehr der geliebten, sondern als 'getriuwer dienære' v.
12785 dem ritter Wimar v. 12775. hieraus und den v. 28 — 30

> die uns fröude solten bringen,

<blockquote>
ich mein die edelen rîchen,
die lebent unfrôlîchen
</blockquote>

geht des Pleiers niedere, bürgerliche abkunft klar hervor, aus den v. 692 ff.

<blockquote>
dulcis labor: daz sprichet, sô mir ist geseit,
' minne ist süeziu arbeit.
</blockquote>

dafs er des lateinischen unkundig, also kein geistlicher war, wie er ja auch im Tandarois offen als verliebter sich kund gibt. mit dem ritterwesen zeigt er sich im Meleranz vertrauter als im Tandarois, der noch nichts von garzunen wie Berlin Mel. 10555 ff. und Gûnetlîn v. 9295 ff. weifs, auf den flügelhelmschmuck, auf das wappen, die farbe der schilde und speere beim turniere, s. Meler. 5080 ff. 9057 ff. v. 9280. 10060 ff. und so überall, wenig oder gar nicht acht gibt. abwechselung sucht er dadurch zu gewähren dafs er zwei ganze liebesbriefe in die erzählung einrückt v. 2879—2937 und v. 3993—4040, wie übrigens schon der Wigalois v. 8759 thut. der Wolfram, den er im Tandarois so stark benutzt, scheint ihm bereits wieder aus dem gedächtnisse gekommen zu sein; übrigens vgl. aufser den von Bartsch zum Meler. v. 5250 beigebrachten stellen Meler. 5991. 92 mit Wilh. 87, 25. 26, v. 6383. 84 mit Parz. 698, 15. 16, v. 469. 471 mit Wilh. 375, 24. 26. dafür mag er besonders für die ersten tausend verse seines Meleranz, die mir befser als alle übrigen gerathen zu sein scheinen, den Bligger stark in anspruch genommen haben. ein künstlerischer fortschritt kann kaum durch diese drei gedichte hin verfolgt werden, wenn man ihn nicht darin finden will dafs die zahl ihrer verse doch jedes mal um einige tausende abnimmt.

Besonderen beifall werden die dichtungen des Pleiers wohl nie gefunden haben, daher auch die spätere zeit wenig zeugnisse über sie abgelegt hat.

Den Garel erwähnt

1) Konrad von Stoffeln, ein Strafsburger domherr, welcher urkundlich erscheint im j. 1279 s. Stälin Würtembergische geschichte 2, 769, 1282 und 1284 s. Lafsberg liedersaal 2, LXIV, LXXXX, vgl. Germania 6, 387. 410.

2) die Runkelsteiner Fresken um das j. 1400 stellen siebzehn scenen aus dem Garel dar, s. German. 2, 468. 469.

3) Püterichs ehrenbrief vom j. 1462 erwähnt das gedicht mit den worten

> samb hat gethan der Plair auch das werckh
> vom Pliudenthal Herr Garell auch betüchtet.

4) Ulrich Füeterer nennt in seinem riesenromane ums j. 1500 am ende seines Lanzelot (vgl. Gräfse sagenkreise s. 256 ff.) aus diesem gedichte die personen

> Garel str. 3, Eskalabon, Garell str. 10 (vgl. Germ. 3, 30), Lawdamia str. 36 (Germ. 2, 469) Duzabel str. 37 (vgl. Germ. 2, 468. 3, 28).

Den Meleranz kennt

1) Konrad von Stoffeln a. o.

2) Ulrich Füeterers werk enthält auf bl. 158 — 168 der Wiener-Ambraser, auf blatt 97 der Münchener handschrift, die umarbeitung des Meleranz von Frankriche. vgl. v. d. Hagen und Büsching grundrifs s. 153. 154. am ende des Lanzelot a. o. nennt er unter der messeney des königs Artus

> Melerans str. 2, Dulciflor str. 36 (s. Meler. 4869), Dydomey str. 38 (vgl. Tydomie Meler. 6160 ff.)

Der Tandarois ist

1) böhmisch bearbeitet in 2000 versen einer Stockholmer hs. v. j. 1583 und herausgegeben von Hanka in der starobylá skladanie bd 5. vgl. bericht an die mitglieder der deutschen gesellschaft in Leipzig 1830. s. 98.

2) von Ulrich Füeterer wird in jenen schlufsversen des Lanzelot genannt Tantarius str. 10.

Zwischen den ältesten dieser zeugen, den Konrad von Stoffeln, und den jüngsten seiner vorgänger, den Stricker, mufs die zeit unseres dichters fallen und zwar nach dem tode des Strickers, der um die mitte des 13. jahrhunderts etwa angesetzt werden darf. aber sollten nicht festere grenzen gezogen und über leben und heimat unseres fleifsigen poeten etwas mehr licht verbreitet werden können? im Garel nennt er einmal, s. Germ. 3, 25, im Meleranz v. 102. 12766, im Tand. v. 4067 und 17872 seinen namen Pleiære. zu dem bekannten geschlechte der grafen von Pleien, unter denen Liutolt im dritten kreuzzuge solche thaten verrichtete dafs sie in eigenem buch aufgezeichnet wurden, s. Ludwigs des frommen kreuzfahrt, hrsg. von v. d. Hagen v. 1032. 1517. 'dessen letzte glieder, Otto und Konrad, die tapferen grafen von Hardeck und Pleien, deren denkmäler nach Hunds bayrischem stammbuche (1598) s. 115 in den klöstern Reichersperg und Höglwerd zu sehen waren, am

26. juni 1260 vor Laa von den wilden Cumanen des Ungerköniges
Stephan beide zusammen erschlagen wurden, s. Pertz scr. IX. 644.
anm. 30. Ludwigs kreuzfahrt v. 1042. Otackers chronik cap. 59.
Seifr. Helbl. 13, 15 ff. zu diesen gewaltigen herren kann der die-
nende Pleier nicht gehören. aber in seinem namen eine ähnliche
bildung wie im Marnære, Strickære, Teichnære zu suchen, wie
Franz Pfeiffer in der Germ. 2, 500 und K. Bartsch im Meleranz
s. 366 wollen, dazu sehe ich keinen grund, besonders da beide keine
deutung zu geben wifsen. denn an ein wort wie das ich weifs nicht
ob österreichische bleiern = auf dem eise gleiten, Frommann mund-
arten 6. 342, werden sie schwerlich gedacht haben. wie der von
Pfeiffer nachgewiesene Chunrat der Player Monum. Boica 3, 569
wird unser dichter mit diesem namen nur seine heimat, die graf-
schaft Pleien, angeben wollen (den Pleiern stand das gericht über
den Chiemgau zu s. quellen 5, 129), welche zwischen dem Chiemsee
und den Salzburger seen gelegen östlich an die Salzburger geist-
lichen besitzungen, westlich an die grafschaften Grabstat und Mark-
wardstein stiefs, im norden von den ländereien der grafen von Lie-
benau, im süden von den grafschaften zur Sale und Salveld begrenzt
ward. das erbe der grafen von Pleien fiel zum grofsen theil an her-
zog Heinrich von Niederbaiern, s. quellen zur baier. und deutschen
gesch. 5, 207. an den ruinen der burg Pleien vorüber, welche die-
sem striche den namen lieh, führt der weg von Salzburg nach
Reichenhall. zu dieser heimat stimmt, wie schon Bartsch a. o. rich-
tig bemerkt, die sprache unseres dichters durchaus, da ihre öster-
reichische-baierische färbung nicht abgeleugnet werden kann.

Neidhart von Reuenthal, der etwas nördlicher am Donauufer
und einige jahrzehnte früher lebte, und Ulrich von dem Türlin
1253—78, der wahrscheinlich aus dem südlicheren Kärnthen
stammte, haben wir einige beispiele entlehnt, um die mundart des
zwischen ihnen wohnenden Salzburgers fest stellen zu können.
auch das gedicht vom Wigamur, welches Baiern anzugehören scheint,
gab einige belege. in den reimen erreicht der Pleier die genauigkeit
Neidharts nicht, Ulrich von dem Türlin dagegen steht ihm hierin
nach, während dieser freilich wieder von dem verfafser Wigamurs
an rohheit auch in den reimen weit überboten wird. zwei auf glei-
chen reim ausgehende paare meidet unser dichter nicht immer,
auch rührende reime wie aventiure: tiure Tand. 3782, gâz: vergâz
v. 6128, rich: — rich gestattet er sich.

a : à in stumpfem reim kann bei all diesen östlichen dichtern nicht auffallen , ë : ê, das der Tand. v. 557 in mèr : ger, v. 4059 u. 13141 in mèr : er, v. 3999 in gerte : mèrte zeigt, hat er mit den Nibel. 400, 1 und Neidhart (s. Haupt zu 89, 2) gemein. nicht eben selten findet sich bei österreichisch-baierischen dichtern der reim i : î, wie die beispiele in der grammatik 1³, 206 beweisen; zu ihnen treten aus dem Tand. v. 2520 herîn : bin, v. 11096 in : mîn, v. 11897 Sabîn : hin, v. 14589 Sawîns : zins, aus Ulrichs Wilhelm vor andern die drei reime hîn : künegîn : schîn s. 97ᵇ, aus dem Wigamur v. 2260 sîn : bin. auch der in den Nibelungen hss. BC und bei Wolfram erscheinende reim o : ô begegnet im Tand. v. 1250 spot : tôt. wie Wigam. 2949 got : nôt, im Tand. 14898 wort : hôrt' wie Türl. Wlh. 40ᵃ, 60ᵇ. für Wolfram und den Pleier hat der reim u : û kein bedenken, so treffen wir im Tand. 3538 pavilûn : sun, 8332 schuz : hûs, im Wigam. 2750 vluz : hûs. der reim ë : e, welcher z. b. im Tand. 1722. 2560. megen : dëgen, v. 5165 nëmen : schemen vorkommt, und die bindung bër mit klâr v. 2059 sind zur zeit unseres dichters schon weiter verbreitet, dagegen habe ich den auch früher bereits beliebten reim i : ie, den er im Meleranz nicht mehr ganz vermeidet, im Tandarois nicht bemerkt, so dafs dieser hierin mit Neidhart zusammentrifft vgl. Haupt zu 26, 22. 80, 31, dagegen abweicht vom südlicheren Ulrich vgl. Wilh. 52ᵃ. 65ᵇ. jener strengere lyriker enthält sich des u : uo, dagegen erscheint wie in den Nibelungen sun : tuon im Tandarois überall, v. 3546 der reim stuonden : kunden vgl. Parziv. 385, 13, sowie der Türliner tuont : gesunt 82ᵃ, tuom : vrum 110ᵇ reimt. ô : uo hat der Tand. v. 2027 und 2870 (in der hs. v. 2933) in dô : fruo, v. 2967 (in der hs. v. 2905) und 11849 in dô : zuo, v. 12631 in frô : zuo wie Wigam. v. 712. 6074. dem reime ûw : ouw entzog sich selbst Walther von der Vogelweide nicht, viel weniger als er die erzählenden dichter seiner und der benachbarten gegenden. während aber der Tandarois das û nur vor w breiter spricht und z. b. vrouwen mit getrûwen v. 3790. 7669, erbûwen mit schouwen v. 5336. 6210 bindet, erlaubt sich der Kärnthner Ulrich nicht blofs roumen soumen , sondern auch ouf für rûmen sûmen ûf s. grammat. 1³, 194. 195. der eigenthümlicheren bindung von stân und zoum Tand. 8398 kommt am nächsten die von dan : zoum im Wigam. 3293, sie ist zu erklären wie die form strâm neben stroum s. grammat. 1³, 170 und Krone v. 310, wie Otackers urlæbe für urloup s. ebenda 1², 447. überhaupt verwendet die bai-

risch-österreichische mundart gerne das à für ou, s. Frommann
mundarten 3, 89. 6, 249. dafs die aussprache des ì == ei wie in
den Garel und Meleranz, s. Bartsch a. o. s. 367, auch in den Tand.
hie und da eingedrungen ist. belegen einige wenige, aber sichere
beispiele: v. 3798

> er muost von schulde liden
> daz er sich muoste scheiden.

v. 4333   eine gruobe tief und wìt,
> dar in er sìn knappen leit,

wo wìt in breit zu ändern, kein grund vorliegt, vgl. sìn ougen tief,
die gruoben wìt Parz. 256, 23.

v. 10424   dó ich dar mìnen dienst geleit,
> daz ich wânde ez wære lónes zìt.

sehr schlecht ist der reim ei : ie v. 5542

> dó er von Lyodarz schiet,
> mit sìn gesellen er dó reit

und der i : ie v. 6660

> nù het der rise den gedanc,
> ob er in begriffe,
> daz er im niet entliefe.

Geringere freiheit gestattet sich der dichter bei den mitlau-
ten. der feine unterschied zwischen s und z ist auch ihm bereits
entschwunden, aufserdem ist er im gegensatze zu Neidhart (s. Haupt
zu 89, 2. s. 220 und 98, 39) geneigt m in n zu schwächen, vgl. d.
grammat. 1², 386¹). so findet sich vram : dan Tand. 5268, das eben
gedachte stân : zâm (f. zoum) 8398, amt : zehant 2045, ; geschant
106, 94. ant vergleicht sich den formen liunde (in einer bairischen
urk. v. j. 1255 s. quellen 5, 143. 147), leûnte, lûnt für liumunt und
kommt auch im niederdeutschen vor, s. Hamburgische chroniken,
hrsg. von Lappenberg s. 41, obwohl Kosegartens wörterbuch sie
nicht anführt. noch weiter von der regel weichen die bindungen
ab : eben mit Sweden (hs. Sweben) 13626, tage : gehabe v. 5576.

Von den ausdrücken, welche ebenfalls in österreichisch-bai-
rische landstriche leiten, hebe ich heraus: *manikel* handeisen, im
Tand. v. 8412 ein waffenstück wie im bruchstück der altdeutschen
blätter 2, 150 vom Edolanz, bei Otacker cap. 536 eine fefsel. *stege*

---

¹) die angezogene stelle der grammatik, welche Wolfram diese fahrläfsig-
keit gänzlich abspricht, wird schon durch den reim poulûn : rûm Parz. 77, 28
beschränkt.

swf. die treppe, terrasse, dativ stegen: degen v. 5801 hat der Bar-
laam 37, reicht übrigens von Pleiers heimat über Vorarlberg bis
ins Schwabenland hinein, vgl. Schmeller bair. wörterb. 3, 623.
Frommann mundarten 3, 401. *anewant* f. = grenze Tand. 5362,
vor allen im bairischen beliebt, s. Schmeller a. o. 4, 102, wie *gewerft*
Tand. 597. 716. Meler. 5903 und Neidhart 12, 32, s. Schmeller a. o.
4, 151. *vram* entlegen, weit nennt Wigam. 980 den wald, Tand.
v. 5268. 5545. 8180 das gebirge, s. Schmeller a. o. 1, 613. *rdmvar*
hat der Tand. v. 8933. 12228 mit Otacker und Wigam. 980 ge-
mein. das seltene adverb *nidnán* Tand. v. 10024 treffen wir zwei-
mal in Mondseer glossen, s. Schmeller a. o. 2, 681, und in der Lafs-
berger handschrift der österreichischen kindheit Jesu, s. Wacker-
nagels altd. leseb.[2] s. 542, 15.

Was den versbau betrift, so fehlen gewöhnlich die senkungen
nicht, ohne dafs der dichter, mit absicht, wie Konrad von Würz-
burg, dem zusammenstofse zweier hebungen auswiche. meist haben
auch die mit klingendem reime schliefsenden zeilen nach strengerer
regel nur drei hebungen, aber auch vier erlaubt er sich in solchen
fällen ohne bedenken.

Wie treu auch unser dichter im ganzen der glatten höfischen
sprache folgt, scheut er sich doch durchaus nicht vor unhöfischen,
volksepischen ausdrücken. das alte heldengedicht, das in der nach-
barschaft des Pleiers zur schönsten blüte emporwuchs, bewahrte
seinen einflufs in diesen gegenden, zugleich wirkte mächtig Wolf-
rams, des gewaltigen nachbarn aus Franken, vorbild. im anschlufs
an O. Jaenickes abhandlung de dicendi usu Wolframi de Eschen-
bach (Halis Sax. 1860) stelle ich hier einige volkstümlichere aus-
drücke des Tandarois zusammen. *Wigant degen helt* erscheinen
überall, *recke* nirgend, *mære balt gemeit snel ellenthaft ellensrîch
küene vrech lobesam lobebære*, ja *lussam* 1646 und *türlîch* 5441
fehlen nicht. auch *daz balde ellen* hat der Tand. 5215. 6541 wie
der Lanzel. 3382 und die Nibel. 1872, 3 gebraucht. *degenlîchen*
adv. kommt v. 2178. 2784 und öfter vor, *nôtveste* 6581, *nôthaft*
4931, *stritmüede* 2344. *wîc* ist dem dichter fremd, aber nicht *ur-
liuge* 1914. 1917. 10439 und *wal* n. 4949. *nahtselde* wendet der
Pleier v. 8358, *vâlant* 5364 und öfter, *vürbüege* 416 an. die par-
tikel *sân* und *sâ* wechseln ab.

Aber gröfsere gewalt als die weise des deutschen heldengesan-
ges übten über unsern dichter aus dem klassischen kreise höfischer

sänger vor allen zwei, welche ihm um ein halbes jahrhundert oder
mehr an alter vorangingen. wie es öfter sich begibt dafs einer den
am meisten liebt welcher ihm der unähnlichste ist, so fühlt sich
unser flacher Pleier im Tandarois wenigstens am stärksten zu
Wolfram von Eschenbach hingezogen.

Nicht nur hat er einzelne personennamen aus ihm herüber-
genommen: Myrangel v. 1993 für Mirabel aus Parz. 772, 2. er wolt
den künic von Askulun geseben de zeschaffen zun (v. 408) vgl. P.
321, 19 (398, 23. 24), Gamuret, Kalues (= Galoes), Ypomidon
v. 2081—83, wie der dicht vorbergehende vers 2077 'der minne
gerte Thesereiz' welcher dem Wilh. 214, 25: 'der minnen gerende
Thesereiz' nachgemacht ist, beweiset, sondern auch auf sce-
nen im Parzival deutlicher angespielt. wo nämlich Tandarois in
ganz ähnlicher weise wie Artus in der Krone v. 5154 ff. Keiis spot-
tet v. 2532, kehrt er zwei von Hartmann erzählte unfälle dessel-
ben höhnisch zu grofsthaten um, zwei andere beispiele gleicher art
gewährte ihm der Parzival.

Tand. v. 2533 Meljakanz woltet ir (Keii) nicht erlân,

        er engæbe (hs. er gæbe iu) die küneginne wider

bezieht sich auf Parz. 357, 22 daz (kastelân) Meljacanz dort gewan,

        do'r Keyn sô hôhe dernider stach,

        daz mann am aste hangen sach — und

Tand. 2535 ir stâcht ouch Parzivaln nider

        ûf des Plimizœles plân (Parz. 298, 1.)

auf Parz. 295—298.

Ebenso läfst er es in der sprachlichen darstellung nicht bei ein-
zelnen besonders wolframischen ausdrücken bewenden, indem er
tavelrunder stf., iser und wendic v. 12493. 8849. 14940 gebraucht,
auch wackerlichen v. 12892. 13516 hat der Parz. 226, 11, benediz
m. 16253 steht Parz. 196, 19, vuozvallen 10353. 10357 im Parz.
323, 14, gotes slac 5405 ebenda 545, 6, zingel unde barbigân (hs.
par wigan) 2313 endlich ebenda 376, 13. 14. nein, ganze redens-
arten, zeilen und versreihen trägt er aus Wolframs gedichten in
seinem Tandarois zusammen.

ich bin nicht diu dâ spotten kan T. 1256, vgl. ich enbinz niht der

        dâ triegen kan Parz. 476, 24.

sô wære ich ein verdorben wîp an vröuden T. 1328. an vreuden

        verdorben was diu maget P. 193, 6.

si giengen ûf den palas,
dâ vil schôn verdecket was
manec tavel hêrlîche T. 1429 = Wilh. 311, 7 — 9.
als mir diu aventiure swuor T. 1685 = P. 58, 16.
von muoter nie sô reiniu (nie werder v. 4509) vruht
wart geborn v. 3829, vgl. nie kiuscher frubt von lîbe wart geborn
     P. 457, 16.
von arde hêr T. 4315 = P. 534, 30.
getrage ich immer gebende hant T. 4702 = Wilh. 135, 18.
von vuoz ûf wâpent in dô gar . . diu maget T. 4832 = P. 560, 17, 18.
an vrôuden lam T. 6025 = P. 125, 14. 505, 10.
unz in der luft erwæte T. 6742, unt si der luft erwæte Wilh. 222, 29.
sin harsenier er al zehant   vgl. sin harsenier (G) eins knappen hant
wider ûf sin houbet zôch,   wider ûf sîn houbet zôch.
rehtiu zageheit in flôch T. 6779 Gahmureten trûren flôch P. 77, 20-22.
(den rehtiu zageheit ie flôch T. 8265) = P. 181, 25.
die stiezen hôch ir vreuden zil T. 7049, vgl. stieze in diu sælde reh-
     tiu zil Wilh. 5, 29.
der ritter sin lîp in senden kumber vlaht T. 8238, vgl. sus vlaht ir
     kiusche sich in zorn P. 365, 21.
ir muget wol waltmûede sin T. 8683, er moht wol waltmûede sin
     P. 459, 14.
der tyost (hs. trost) einander si niht lugen T. 9098 = P. 37, 25.
in zwein becken guldîn.   guldin becken —
und ein ander junchêrrelîn,   und ein junchêrre wol gevar
daz eine wîze tweheln truoc T. 9436   der eine wîze tweheln truoc
                   P. 236, 28.
                 guldîn: junchêrrelîn P. 702,5.
sin sicherheit (prîs 14708. êre 15978) er an sich las 13989. 16389
     s. P. 79, 30.
min vreude hât sich gehœhet,
diu ê was geflœhet
von mînem herzen hin ze tal T. 15428 = Wilh. 82, 19 — 21.
hortes ungezalt (hs. unbezalt) T. 17240, volkes ungezalt P. 794, 1.
    Die oft grobe weise seiner entlehnungen lehren am besten
folgende verse:
v. 8262 der rehten strâze er meit. P. 180,5 sine waltstrâzen meit:
  8263 ein smalen stic er dô reit.   6 vil ungevertes er dô reit.
  8269 sin ungeverte was sô grôz.

8286 wan daz gebirge was sô hôch.	9 durch wilde gebirge hôch.
8287 der tac gein dem âbent zôch.	20 der tac gein dem âbent
	zôch.

8297 nu het er mangen gedanc	P. 512, 2 dô het er mangen gedanc,
wâ er die naht des tages erbite.	wie daz ors sîn erbite.
dem gebirge wont nindert mite	dem brunnen wont nin-
	dert (D) mite

sô vil (gras daz er) daz er daz ros ernert dâ erz geheften môhte.
8302 Nu gedâhte der degen mære	er dâhte, ob im daz tôhte
swelh endes er kêren môhte,
wan im dâ niht entôhte . .

8333 Nû hôrte er eines wazzers val, P. 602, 9 er hôrt eins dræten waz-
	zers val

8347 swenne sîn val ez am vels verlie, P. 180, 23 ez (daz wazzer) gâbn
so enpfienc ez ie ein ander.	die velse einander.
daz reit er nider: dô vander	daz reit er nider: do vander
ein schœne burc vor im stân.	die stat ze Pelrapeire.

Wir haben noch eine anzahl von lehnstellen aus dem Parzival aufgespart welche geeignet waren das verhältniss unseres dichters zu den beiden vollständigen handschriften seines vorbildes aufzuklären, die allein an alter die abfafsung des Tandarois überragen, zu der S. Galler (D) und der Münchener (G). wir beginnen gleich mit einem entschieden aus dem Münchener texte geschöpften namen. aufser dem oben erwähnten Mirangel v. 1993 (P. 772, 2 Mirabel D, Miradel G) nennt der Tandarois v. 1997 als sechsten vertheidiger den landgrafen von Tandernas *Minantas*, das nach abzug der schwäbischen dialekteinflüfse ein ursprüngliches Minatas oder Minadas ergibt. und diese form finden wir im Parz. 772, 23 einzig im G, während D die weit abweichende *Karfodyas* dafür gewährt und ebenso weit alle übrigen handschriften von G sich entfernen.

Tand. 2839 er brach mir ab vier *gæbiu* pfant folgt dem P. 67, 20 nach G der brichet ab uns gæbiu pfant, während D *beidiu* liest.

T. 3258. 10008 *an* werder fuore niht betrogen kommt genau mit G im Parz. 348, 12 überein, während D *gein* hat.

T. 3473 er muoz mir wandel *darumb* geben. nur G hat sowohl Parz. 287, 25, als auch 499, 18 wandel drumbe, D stellt das erste mal die beiden wörter um.

T. 4042. 4862 und öfter: hin *reit* der êrenrîche degen, ist nachgebildet dem Parz. 451, 3: hin reit Herzeloyde fruht G, dagegen gebraucht hier D die wirksamere gegenwart *rttet*, vgl. grammat. 4, 142.

T. 5088 dâ mit schaft *swaz* ir welt, mîn lîp gein tôde was verselt schliefst sich im P. 218, 11 genauer G an: nu leist ich gerne, swaz ir welt, m. l. g. t. w. v. als D, welche für swaz *swenn* lieset.

T. 7943 er bràht die juncvrouwen dan

      kurzen wec *über* velt

      in des küneges Artûs gezelt vergleicht sich P. 725, 20 er fuorte den helt unverzagt in ein minner gezelt kurzen wec über velt, wo D *überz* hat.

T. v. 7988—90 ouch enbôt der werde degen klâr,

      daz *al der* tavelrund*dr*

      sins diens mit triuwen næmen war

trifft auffallend mit G im P. 652, 13 zusammen

      al der tavelrundære

      genuzzen,

während die übrigen handschriften al *die* lesen, D allein tavelrunderære. (vgl. Lachmann z. Iwein 4533).

T. v. 8035 daz möht an werdekeit *gefromen* richtet sich nur nach G im Parz. 625, 6; D hingegen liest *in gefrumn* und ähnlich weichen die anderen texte von G ab.

Hier hört merkwürdiger weise die übereinstimmung des Tandarois mit der Münchener hs. G auf, er folgt im gegentheile fortan strenge der S. Galler D. schon oben ist angeführt

T. 8299 dem gebirge *wont* *nindert* mite, wo G *niemer* hat.

T. v. 9402 mit ir blanken henden *wiz*

      dâr an lac der gotes vlîz stammt aus P. 88, 15 mit ir linden henden wiz, dâr an lac der gotes vlîz nach D, während G *an den* liest.

T. v. 11271 *lîse* àn allen schal-slîchen folgt D, indem G *eine* dafür bietet.

T. v. 11341 wird gefragt: lebt ieman *dinne?*, wie nach D im P. 437, 2 ist ieman dinne? G hat *drinne.*

T. v. 11712 *noch* was niht *hôch* der tac — stimmt befser zu D: ez ist noch vil hôher tac P. 51, 19, als zu G: ez ist *nu* wol *mitter* tac.

T. v. 13168 von Tryant im reime auf gewant richtet sich nach D Triande P. 786, 28, nicht nach Triende in G.

T. v. 16342 vil *swert* wart dâ *er*klenget stimmt gut mit D: und

swerte vil *erklenget* P. 60, 26, weniger genau mit G: *mit swerten
vil gechlenget.*

Jetzt sollen die redensarten und verse nicht verschwiegen wer-
den, welche gegen diese unterordnung der reminiscenzen aus der
ersten hälfte unseres gedichtes unter die Münchener handschrift G
einwand zu erheben scheinen. T. 5295: portenære sint *aller* güete
lære folgt gerade D im P. 142, 18: vischære unt aller güete lære,
da doch eben G *manger* lieset. endlich könnten die verse v. 7163,
64 *mit wazzerichen ougen* er sprach 'dez ist ân *lougen*', mit P. 133,
11. 12 (vgl. Wigal. 8395) mehr für D, als für hs. G beweisen, da
diese ähnliche zeilen in anderer reihenfolge hat, nämlich

> diu frowe bôt ir lougen
>
> mit wazzerrichen ougen.

Wenn diese drei stellen für D zu entscheiden vermöchten, so
mufs man annehmen dafs der Pleier das dritte buch des Parzivals,
aus dem alle drei stammen, für beide hälften seines Tandarois nach
der S. Galler recension benutzte, was demjenigen nicht so unglaub-
lich dünken kann der sich erinnert dafs Wolfram sein gedicht nicht
auf einmal herausgegeben hat und das dritte buch, mit dem die
eigentliche Parzivalsage begann, das vor allen anderen aufsehen er-
regte, und entweder ganz gesondert oder höchstens nur mit dem
vierten vereint in die öffentlichkeit trat, sehr wohl in einer sonder-
handschrift zur zeit unseres Pleiers noch vorhanden gewesen sein
kann. vgl. Lachmann z. Iwein 1328. 4533. vorrede zu Wolfram
s. ix. xix. Haupt in der zeitschr. 11, 49. vom dritten buche aber
abgesehen steht nach obigen ergebnissen aufser allem zweifel dafs
der Pleier für die erste hälfte seines werkes den Parzival nur nach
der Münchener, für die zweite nur nach der S. Galler textrecension
benutzt. aber dieser umstand erklärt sich kaum anders, als wenn
man annimmt, der dichter sei in der mitte seiner arbeit unter-
brochen worden, so dafs er später, da er sie wieder in angriff
nahm, nicht mehr den text der Münchener recension zur hand hatte,
sondern zu der S. Galler seine zuflucht nehmen mufste. für diese
annahme spricht die schon oben bemerkte verschiedenheit seiner
ansichten und erfahrungen in bezug auf die weiber in ein und dem-
selben gedichte, aufserdem die erscheinung dafs jene frühere
jugendliche liebe, welche von leid nichts weifs (v. 8049—64), gerade
zwischen dem letzten nachweisbaren Münchener verse 8035 und
dem ersten S. Galler v. 8299 ihren ausdruck findet. da nun die

persönlichkeit des dichters durch die 18000 zeilen hindurch sonst nirgend hervorbricht als zu anfange und gegen ende des gedichtes und am ort seiner berufung 4040 ff., so liegt die vermutung nahe dafs auch jene jugendliche reflexion den schlufs des werkes einleiten sollte. und einen natürlicheren ausgang konnte die fabel kaum befser finden als an dieser stelle. Flordibel hat lange genug durch die abwesenheit ihres geliebten geduldet, Tandarois leiden und thaten genug überstanden, als Artus beschliefst den ruhmgekrönten sieger durch Dydones von Malmontan in die arme seines mädchens zurückzuführen. es heifst

> v. 8155 Dydones der werde bote
> was bereit zuo der vart,
> diu wart niht lenger ûf gespart.

dann v. 8158 nù lâzent daz belîben hie
> und hœret wie ez dort ergie
> Tandarois dem werden man,

von dem nun berichtet wird dafs es ihm sonst wohl auf Malmontan gegangen sei, jedoch habe er sehnsucht nach seiner geliebten gefühlt; da sei es ihm in den sinn gekommen auf aventiure zu reiten. und nun spinnt sich die erzählung von neuem wieder fort, die mit v. 8158 später vom dichter an die fast zum schlufse gediehene erste fabel nur lose angeknüpft scheint.

Aus den pleierschen formelketten springen Wolframs worte leuchtend und hell wie edele steine hervor; von *Hartmann von Aue* dagegen unterscheidet sich die redeweise unseres dichters lange nicht so scharf, weshalb manche dem Auer zugehörige verse übersehen sein mögen. zuerst erwähne ich die Hartmannischen scenen, auf die der Pleier bezug nimmt.

T. 2179 ff. wirft Tandarois Kei den wilden Dydones und Kalogryant hinter einander nieder, wie Iwein v. 4634 ff. ebendieselben ritter nach einander das gleiche schicksal trifft.

T. 2532 sagt Tandarois spöttisch zu Kei: ir nâmt Erec ein kastelân und spielt mit diesen worten auf Erec 4733 ff. an;

T. 2537 bezieht sich der hohn des helden: mînem nefen Ywan enschumpfiert (et) ir bî dem brunnen auf Iw. 2448 ff.

Auf den Erec gehn aufserdem noch die zeilen 10623

> Erec der lobebære
> vuorte vroun Enîten
> in den landen wîten.

Wörtliche lehnstellen sind folgende

T. 189 âne slôz und âne bant
betwanc si (diu minne) diu kindelin, vgl. Iw. 504

> dêr si betwingen möhte
> âne slôz und âne bant.

T. 968 minnet er si sêre, si minnet in baz, s. Iw. 7641 wan rette er

> wol, sô retter baz.

T. 1173 der werde knappe
saz von ir verre dort hindan
und sach si bliuclichen an, s. Iw. 2253.

T. 1437 dô man die tisch von in enpfie, vgl. Erec 6669 alz der imbiz dô

> ergie,

menneclich ze vreuden vie   menneclich ze vreuden vie.

T. 3354 si flêget (hs. flûcht) got vil sêre == Iw. 3315.

T. 3935 diu missetât,   bûchl. 1, 1027 swaz du mich misse-
die du gein mir hâst getân,   handelt hâst,
die wil ich alle varn lân.   daz wil ich varn lâzen.

T. 4210 dâ mit er — durch den   Iw. 5037 ab einen slac als er dô
helm sluoc,   sluoc,
daz sin zem tôde was genuoc   es wær ze dem tôde genuoc.

T. 4347 Nû — bewise mich   Iw. 8051 nû bewis et mich:
nâch diner gnâden. des ger *ich*.   durch sinen willen tuon ich
dû maht mir gehelfen *wol*,   swaz ich mac unde sol.'
wan ich enweiz (armer), wâ ich *sol.* si sprach 'vrouwe, ir redent wol.

T. 5270 wol sehs rosseloufe lanc. Erec 8897 wol drier rosseloufe lanc.

T. 5926 din mörder hant   Erec 9022 (Wigal. 7635).

T. 7083 sin hâr verwahsen und Greg. 3254 erwahsen von dem hâre,
verwalken gar.   verwalken zuo der swarte.

T. 10904 sô wære iur êre vervarn, Iw. 2797 sô wære vervarn sin êre...
dâ vor sült ir iuch bewarn.   2801 iuwer êre bewarn.

T. 12551 ûfem ros er ritterlichen saz Greg. 1435 ob des satels ich schein
als er wære gemâlet dar.   als ich wære gemâlet dar.
(Meler. 5962 sus hielt der lobebære
          als er gemâlet wære)

T. 14427 si hienc daz houbet unde sprach == Iw. 2221.

Wirnt von Grâvenberc benutzt er in folgenden versen

T. 2064 sin schilt was niuwe unde guot,
ein buckel (hs. pugel) was dar ûf geslagen
von golde, diu . . .   vgl. Wigal. 6560. 7367.

T. 4043 swer mir nu gæbe stiure
  zuo dieser âventiure   vgl. Wigal. 11657.

T. 4398 des (bluotes) was er alsô gar ersigen und 4415 des bluotes
  gar verrunnen, vgl. Wigal. 7767. 7696 und het sich in den strit
  erwigen.

T. 5011. 9137 iwer lip muoz sin des tôdes pfant, vgl. Wigal. 7637.

T. 5551 diu (strâze) was grasec und ungebant, s. Wigal. 6258 der
  (wec) was grasec und ungebant.

T. 9030 ûf die rede komen s. Wigal. 9225.   Wirnt ist der dritte
dichter, den er für die schon mehrmals angezogene hohnrede auf
Keie verwendet in den v. 2546 ff.

> dem hôchgelopten Jôram
> dem geschah von iu rehte alsam,
> der den gürtel brâhte.
> iwer manheit des gedâhte
> daz ir in valtet ûf daz lant
> mit iuwer ritterlicher hant
> vor Karidôl ûf dem gras,

die deutlich auf den Wigal. v. 451 — 457 anspielen (vgl. anm. zu
v. 261) [1]). Leodarz heifst eine grafschaft Wigal. 8716, im Tanda-
rois ein ritter.

  Aus *Ulrichs Lanzelet* könnte stammen
dô wolt er in (den ritter) ervallen hân T. 6645 = Lanz. 1944, sonst
ist mir nichts erinnerlich.

  Mit *Gotfried von Strafsburg*, dessen Tristan der Wigamur ganze
versdutzende stiehlt, wie z. b. Wigam. v. 1164 — 1201 den Tristan-
versen 16737 — 64 entsprechen, kann ich keine entscheidende über-
einstimmung des Pleiers nachweisen, auch die in der Germ. 3, 26
ausgezogene stelle aus dem Garel zeigt wohl die bekanntschaft un-
seres dichters mit der Tristansage oder einem theile derselben, er-
gibt aber noch nicht ein irgendwie vertrauteres verhältniss zu Got-
fried. denn selbst die zeilen

> den (zûnel) dô erhôrte dehein man,
> swie trûric sin herze wære,
> ez benæme im sine swære:

<hr>

1) *Jorant* mit dem wundergürtel kennt auch der Lohengrin (hrsg. von
Görres) s. 15, die Krone vom *Joranz* von Belrapeire v. 605. 753 nur dessen
namen. jene form Jorant hat Konrad von Stoffeln wahrscheinlich mit willkür
einem auf einem wisent reitenden riesen übertragen. s. Germ. 6, 407.

        swenne er den klanc erhórte,

        sin trûren sich zerstórte.

sind doch zu allgemein verwandt mit Trist. v. 15860—64

        só sûeze was der schellen klanc,

        daz si nieman gehórte,

        si enbenæme im unt zerstórte

        sin sorge und sîn ungemach,

als daſs man hieraus sicher folgern dürfte. nirgend sonst im Tandarois und Meleranz sind mir an Gotfrieds dichtung anklingende verse aufgefallen, wie der Pleier überhaupt die Tristansage weniger kennt oder doch schwächer benutzt.

Ueberblicken wir noch einmal die kenntnisse unseres dichters in der deutschen literatur, so bemerken wir, daſs er von Hartmann von Aue sämmtliche werke gelesen, und auch wohl noch den jetzt fast ganz verlorenen Umbehanc Bliggers von Steinach gekannt hat. Wolframs Parzival war ihm sogar aus zwei handschriften zugänglich, auch dessen Willehalm hat er studiert. Wirnt benutzt er enthaltsamer, vielleicht wuste er von Ulrichs Lanzelet. endlich kann ihm Strickers Daniel nicht unbekannt gewesen sein. von Freidanks spruche sehe ich ab.

Hiernach erstreckt sich des Pleiers kenntniss über die ganze klassische zeit unserer mittelhochdeutschen dichtung, über die von 1190 bis 1230, 40 reichende volle hälfte eines jahrhunderts. nachdem noch mehrere jahrzehnte nach abschluſs dieses aufschwunges verstrichen sind, hinkt unser Pleier jenen dichterkönigen aus der ferne nach und trägt ihnen armselig die schleppe ihres reichen gewandes, ihre individuellen weisen als allgemeine formeln nachsprechend. die bedeutendsten dichter der zwischenzeit, ein Rudolf von Ems und Konrad von Würzburg, hatten sich indess bereits, da sie ihre zeit beſser erkannten, von den Artusromanen zu ernsteren stoffen abgewendet, die schwächlinge, wie unser Pleier, blieben auch noch nach ihnen am hergebrachten hangen. daher hat die nachwelt sie mit nichtachtung bestraft, so daſs ihre werke entweder nur in wenigen und wenig bekannten handschriften oder nur in zersprengten bruchstücken erhalten sind. dem literarhistoriker aber liegt ob auch solchen erscheinungen ihren platz zuzuweisen, nicht so sehr durch herausgabe aller ihrer vollständigen dichtungen, sondern vor allem durch eindringliches forschen. darnach strebend habe ich mich nicht beruhigen wollen als bis auch die bisher schwan-

kende lebenszeit unseres dichters festen halt gewönne. wir haben
oben schon den Pleier zwischen den Stricker und Kuonrat von
Stoffeln gesetzt, also etwa zwischen die jahre 1250 und 1280; der-
selbe zeitraum ergibt sich aber auch aus anderen kennzeichen. das
erste bietet der Tandarois: als nämlich der held von der königin
Albiun abschied genommen, kommt er gegen abend in ein weites
königreich, v. 10000 Kûrne wol hiez daz lant,

> daz wîlen Marken des künges was.

an einem wafser das dieses land durchfliefst erblickt er eine burg,

> dâ vant der degen unverzeit
> Ryschait den werden man
> nidnân vor sîner bürge stân.
> Cons Lyschait viz Dynas
> bî im vor der bürge was,
> ritter unde knappen vil.

Ryschait nimmt ihn freundlich auf, am morgen verläfst ihn Tan-
darois v. 10046 und weder Ryschait noch Lyschait kommen wieder
in dem gedichte in irgend einer weise vor. wie manches unnütze
auch unser Pleier uns auftischt, von einer so überflüfsigen und un-
gehörigen episode finden sich sonst nirgend beispiele bei ihm. sie
mufs daher einen anderen aufserhalb der sage oder fabeldichtung
liegenden grund haben. Cons Laiz (G Liaz) fiz Tinas ist aus dem
Parz. 429, 18, Kurnewal allgemeiner bekannt, aber ein Ryschait von
Kurnewal ist in der sage unerhört und kann doch wohl niemand
anders sein als der deutsche könig Richard von Cornwall, dem der
dichter hier bei gelegenheit des sagenberühmten landes eine schmei-
chelei sagen will. deshalb hat dieser im Tandarois auch nichts zu
thun als dem helden eine treffliche herberge zu geben.

Es darf nicht auffallen dafs der ferne Salzburger dem englischen
grafen, dessen milde weit und breit bekannt war, anhieng, auch
wenn man weifs dafs die hauptmacht der welfischen partei auf den
deutschen nordwesten und das Rheinland sich stützte. das haus
der grafen von Pleien nemlich muste schon wegen seiner engen
freundschaft mit könig Otacker von Böhmen, der im j. 1257 dem
englischen prinzen durch feierliche gesandtschaft seine beistimme
zur königswahl ausdrückte, ihm 16000 kriegsleute anbot und
bis zum tode treu verblieb (Palacky geschichte Böhmens 2, 169.
201. 202), auf Richards seite stehen. und auch der nächste
erbe der Pleiergrafschaft, herzog Heinrich von Niederbaiern, war

gewiss an den reichen könig durch allerlei vortheile gekettet oder
doch durch seinen älteren bruder, den herzog Ludwig von Ober-
baiern, der seit dem j. 1256 mit könig Richard verschiedene gün-
stige verträge geschlofsen und sich auch im j. 1262 von neuem mit
Heinrich verglichen hatte, s. quellen zur baier. und deutschen gesch.
5, 158. 176. 181. 207. 283ff. Pertz SS. 9, 794. Pauli gesch. Eng-
lands 3, 709. diese ehrenvolle erwähnung des königs mufs in die
zeit seiner deutschen herschaft, also zwischen die jahre 1257 bis
1272 fallen, welche die oben angegebenen punkte 1250 und 1280
schon näher an einander rücken. fast sollte man glauben dafs der
dichter über Richard auf solche weise nur vor der nachricht von
der schmachvollen schlacht bei Lewes vom 14n mai 1264 sprechen
konnte. denn hier gerieth der könig in schimpflichste gefangen-
schaft und spottlieder sang das englische volk auf die heilige römi-
sche majestät, s. Pauli a. o. s. 771. 837. aber die reiche freigebig-
keit dieses englischen Richards hatte unsern dichter zu seinem lobe
vermocht, wie die ritterliche tapferkeit eines früheren Richards, des
löwenherzigen, Konrad von Würzburg zum turnier von Nantes be-
geistert hatte.

Für unsere zeitbestimmung entscheiden vollständig die worte
des Meleranz v. 12767—85, wo der dichter uns mittheilt

12767   diz buoch ich getihtet hân
        durch einen tugenthaften man,
        der mich dar zuo berâten hât . . . .

12775   der frum edel *Wimar*
        ez ist an sinem libe gar
        swaz ein *ritter* haben sol . . . .

12784   swâ ich var, ich wil doch sîn
        sîn getriuwer dienære.

aus dem namen des ritters Wimar weitere belehrung über den Pleier
zu schöpfen, daran haben Franz Pfeiffer Germ. 2, 500 und Bartsch
a. o. s. 366 bereits verzweifelt, weil derselbe im 13n jahrh. sehr ge-
wöhnlich ist. mir klang aber aus urkunden ein name nach, welcher
diesem vornamen als beiname dient. wie im mittelhochd. wörterb.
1, 382ᵃ durch einen druckfehler ein esel zu einem edeln erhoben ist
        die snüere müezen brechen wol
        swâ der edel klenket gîgendœne,
wie Hugo von Trimberg im Renner v. 1456 ff. edelinge und eselinge
in komischen gegensatz wider einander stellt, so fiel mir bei jenem

frum edel das geschlecht der Frumesel[1]) ein, von denen einer um die zeit unseres dichters in der that den namen Wimar führt.

Raitenhaslacher klosterauszüge berichten zum j.

1260 Seifried Frumbesel, Agnes uxor, Johannes et Ortolfus fratres, *Weinmann* filius Ortolfi, s. mon. Boic. 3, 218. (aus der zum j. 1296 augezogenen stelle wird wahrscheinlich dafs Weinmann hier für Weimar steht).

1262 *Wimarus asinus* zeugt zu Pafsau für herzog Heinrich von Niederbaiern, s. quellen zur bayer. und deutsch. gesch. 5, 193.

[1263 *Wimarus* de *Jorze* dictus *Frumesel* übergibt Knaben der Neuzeller kirche, s. mon. B. 9, 587 dieser Wimar Frumesel scheint ein anderer zu sein.]

1268 *Wimar Frumesel* bürgt für Alhardus de Saulberch zu Regensburch, s. quellen 5, 228.

1272 *Wimar Frumesel* zeugt zu Achbach als dienstmann (herzog Heinrichs von Niederbaiern), s. quellen 5, 262.

1274 *Wimarus Asinus* übernimmt einlager für herzog Heinrich zu Regensburg, s. quellen 5, 277.

1275 *Weimarus* dictus *Frumesel* zeugt für Ulrich von Ekkenmül[2]) MB. 11, 152.

1277 her *Weinmar der Frumesel*, filius Seibrecht von *Scharding*, s. MB. 5, 17.

1284 *Wimar Vrumesel* zeugt zu Mosburg[3]) als *miles*, s. quellen 5, 379.

1286 *Weimarus* cognomine *Probi asini*, *fidelis* noster (i. e. Henrici ducis Bavariae)[4]) macht der *Fürstenzeller*[5]) kirche eine schenkung, s. MB. 5, 28.

1) gegen den sinn welchen Jac. Grimm im wörterb. u. w. esel diesem namen beilegt möchte man sich sträuben, indem doch die bildung dieses namens zu modern ist, um noch in frum den begriff primus annehmen zu dürfen. der esel gilt als nützliches und gutes, in manchen sagen sogar als frommes thier, dessen stillhalten z. b. kirchengründern den ort angibt. Vrumesel stammt also vom thiere her, dem die sage ein bestimmtes ethisches beiwort ertheilt, wie Stolzhirz um dieselbe zeit den gleichen ursprung darthut: Siboto et Lupoldus Stoltzhirz im j. 1270, s. quellen 5, 239.

2) Ekkmül im landgericht Mallersdorf.

3) Mosburg zwischen München und Laudshut an der Isar.

4) König Otaker von Böhmen muste Schärding nebst Neuburg und Ried den bairischen herzogen zurückgeben und es verblieb nach einem vertrage vom j. 1262 mit herzog Ludwig bei herzog Heinrich, s. quellen 5, 152. 153.

5) Fürstenzell, früheres kloster, jetzt pfarrdorf im landgericht Griesbach, s. quellen 1, 462.

1296 Seifrid *Frumbesel* von *Scherding*, *Weimarus* sin vater, sagen
   Fürstenzeller genealogische excerpte aus, MB. 5, 92 (der vater
   benannte im mittelalter den sohn gern nach seinem bruder, dem
   oheim desselben, vgl. die urkunde von 1260).

Die grafschaft Scherding liegt im österreichischen Innkreise
südlich von Pafsau, nördlich von den besitzthümern des Salzburger
bischofs, durch wenige meilen von der grafschaft Pleien getrennt.
es leidet wohl jetzt keinen zweifel mehr dafs der Pleier ein dienst-
mann dieses Wimar Frumesel von Scherding war. wenn die zeit
des Tandarois nach der anspielung auf könig Richard, um runde
zahlen zu geben, zwischen 1260 und 1270 angesetzt werden darf,
so mag die abfafsung des Meleranz etwas später, zwischen 1270
und 1280, da die auf Wimar bezüglichen verse 12770 ff.

                sin wirdekeit des volge hàt
                daz er *bi sinen tagen nie*
                keinen unpris begie . . .
        12778   daz *hát* er erzeiget wol
                mit milte und mit manheit.

eher auf sein zweites urkundliches jahrzehnt als auf das erste hin-
weisen. der Garel wird nach den obigen bemerkungen beiden an
alter, der ersten hälfte des Tandarois aber nur um ein geringes vor-
aufgeben und möchte um 1260 entstanden sein. so lehnt sich des
Pleiers erstes werk unmittelbar an Strickers Daniel an, wie anderer-
seits Konrad von Stoffeln um das jahr 1280 die letzte arbeit unseres
dichter samt dem Garel und dem Daniel wohl schon bekannt sein
konnte.

Da wir nun in einen begränzten zeitraum und eine bestimmte
landschaft getreten sind, so schauen wir darin um, ob und wie zeit
und heimat der erfindung unsers dichters zu hilfe gekommen. wenn
ich schon oben aus dem grunde, dafs die gestalten und abenteuer,
welche der Pleier für wälsche erzeugnifse ausgab, entweder nirgend
sonst erscheinen oder mit allem nebenwerk aus deutschen dicht-
werken gestohlen sind, an einer alten quelle für die sage unserer
gedichte zweifelte, so berechtigt mich dazu noch mehr der hinblick
eben auf die zeit und gegend unseres verfafsers. er scheut sich ja
nicht, wie oben bemerkt, den bekanntesten und nächsten seiner
zeitgenofsen, Richard von Cornwall, auf völlig ungehörige weise in
sein fabelhaftes gedicht als sagengestalt nicht einzuflechten, sondern
nur einzuflicken, und in demselben Tandarois treten neben jenem

könige fast alle übrigen hauptkönige und fürsten Europas auf. aller-
dings haben schon vor dem Pleier Berthold von Holle und Konrad
von Würzburg dieselben personen als turnierhelden in ihren ge-
dichten gebraucht. im Krane v. 1401 ff. (vgl. K. Bartsch einleitung
s. xxxi) reiten die könige von Frankreich, England, der Lombardei.
Spanien, die herzöge von Brabant. Österreich und Baiern zum tur-
nei, in dem von Nantes bestehen sich untereinander Richard Lö-
wenherz, Gotfried von der Normandie, die könige von Frankreich.
Dänemark, Schottland, Spanien, Navarra, die herzöge von Sachsen,
Brabant, Lothringen, Surgunne, die markgrafen von Brandenburg.
Meifsen, der landgraf von Thüringen, die grafen von Cleve, Bare,
Pleis, Arteis, Neveis und der herr von Bretagne. aber der Pleier
geht weiter. er stellt dieselben oder ähnliche fürsten seines jahr-
hunderts consequent im turnier den alten tafelrundern gegenüber.
im Tand. 12641 ff. ordnen sich 1) Tandarois und 2) Artus gegen
die könige von Frankreich und Arragon, 3) Gawan und 4) Beagurs
von Norwæge gegen den könig von Grüenlant, 5) Lanzilet gegen
den Schweden, 6) Gramovalanz gegen könig Meljanz von Kors.
7) Erek gegen den von Patrigalt, 8) Iwan gegen den von Portigal,
9) Garel gegen den von Navarra, 10) Meljanz gegen den von Ispanje,
11) könig Dulcemar von Tandernas gegen den herzog von Brabant
nebst dem grafen von Tschampanie, 12) der könig von Askalun
gegen die Provincial (d. i. die ritter der Provence). durch diese an-
ordnung waltet offenbar das bestreben von einander ganz verschie-
denen heldenkreisen, einem sagenhaften und einem geschichtlichen,
ein dutzend kampfpaare zu entnehmen, deren eines glied ein Artus-
ritter, das andere möglichst eine historische persönlichkeit ist. schon
vor dem Pleier schlägt die jüngere deutsche heldensage im Biterolf
und grofsen Rosengarten sehr ähnliche wege ein, indem sie zwölf
helden des östlichen kreises ebenso viel westlichen entgegenstellt.
ob unser dichter diese darin nachgeahmt oder nicht kann man un-
entschieden lafsen, weil andere zeichen seiner werke deutlicher für
ihren deutschen ursprung reden. Zingerle hat bereits in der Germ.
3, 2S einen zusammenhang des Garels mit heimischer sage ange-
deutet. welchen ich hier an einer stelle möglichst blofs zu legen ver-
suche. die Dietrichssage, welche ihren sitz vorzugsweise im süd-
osten Deutschlands aufgeschlagen hat, muste ihm die zugänglichste
sein. oben ist angemerkt dafs sich die eigentliche aventüre des
Tandarois gewisser mafsen zweimal zum anfange erhebt, beidemal

schliefst sie sich hier eng an den Parzival, um bald darauf in die
volksüberlieferung abzubiegen. als sich nemlich die vorgeschichte
des Tandarois abgesponnen hat und der augenblick eintritt wo der
held von Flordibel scheiden und auf aventûre ziehen mufs v. 4042 ff.,
da betont der Pleier, als ob er eigentlich jetzt erst begönne, seine
quelle und nennt zum ersten male seinen namen. als er die seinen
verlafsen, reitet Tandarois gleich dem Parzival im anfange des vier-
ten buches vor liebe sinnlos in den tiefen wald. seinem pferde
läfst er freien lauf und willen. da überfallen ihn v. 4171 vierund-
zwanzig schachmänner, die er aber tapfer besteht. die zweite hälfte
unseres romans, welche wiederum sich genau an den Parzival an-
lehnt, wie oben gezeigt ist, hebt damit an dafs Tandarois sich sehnt
nach neuer aventûre im walde zu Malmontan. aber die seinen sor-
gen um ihn und rathen ab. der ritter jedoch befiehlt dem treuen
Lyodarz leute und gut, reitet ins wilde gebirge, verirrt sich und mufs
auf den schmalen berg steigen und sein müdes ross am zügel nach-
ziehen. schon bricht der abend herein und sein thier hat kein fut-
ter. endlich gelangt er an ein rauschendes wafser, das eine schöne
aue mit einsamem. leerem hause durchströmt. er sitzt bei der schö-
nen linde ab und stärkt dort sich und sein pferd. da naht plötzlich
Albiun, die königin von den wilden bergen, welche die wilden män-
ner und weiber und die zwerge dieses landes beherscht. sie bewir-
tet den Tandarois köstlich und sendet ihn dann zum siege über
den wilden Kurion. blicken wir noch auf den anfang des Meleranz
v. 330 ff., so reitet auch dieser in den bergen irre und zieht sein
ross an der hand, bis auch er auf einen anger mit einer schönen
linde kommt. drei jungfrauen fliehen vor ihm trotz seines rufes von
einem brunnen fort. als er nun sein pferd an den baum, seinen
bogen an den sattel gebunden hat, erschaut er im bade die königin
Tydomie von Kamerie, die der zukunft durch ihre erzieherin kundig
zuerst zwar den ritter mit den worten anfährt, waz suochet ir ûf
mînem plân v. 769, hernach aber, als sie seine tugend erkennt, ihn
freundlich aufnimmt, bis beide in heftiger liebe zu einander ent-
brennen.

Gemahnt nicht diese einleitende darstellungsweise, von welcher
der Pleier in zweien seiner werke, vielleicht auch im Garel nicht
lafsen kann, zwar an viele ähnliche scenen höfischer wie volksmäfsi-
ger dichtungen, aber doch an keine lebhafter. als an die aventûren
11 und 12 im Wolfdietrich A? in der zwölften besteht Wolfdietrich

str. 512 wie Tandarois auf einem irrsal im walde vierundzwanzig
schachmänner. und wenn man die einstimmung dieses zuges für
allzu unbedeutend hält, so lese man vorher die eilfte aventüre, deren
inhalt mit den entsprechenden irrfahrten des Tandarois und Mele-
ranz bis auf einzelheiten zusammentrifft. wie jener reitet Wolfdiet-
rich wider den willen der seinen von der burg und gibt sie dem
treuen Berchtung anheim str. 446 ff. da verirrt er sich und wird.
als der abend kommt, von schwerer müdigkeit überfallen. so geht
es bis an den fünften morgen.

die stråze und ouch die stïge   er vil gar vermeit W. 455, 2.
vgl.   der rehten stråze er meit T. 8263.

in begreif gróze swære, des enkunde er niht bewarn,
daz er in der wilde muost âne stråze varn W. 456, 3. 4.
vgl.   daz was im harte swære T. 8302.

nu getriuve ich daz ros — niht bewarn T. 8309.
W.   sin ros mit im zóch W. 459, 2.
vgl.   Tandarois zóch daz ros an der hant T. 8278. Meler. 401.
Wolfdietrich vernimmt endlich ein gewaltiges getöse, zieht den hang
hinunter und findet da

des meres unde, (die) sluogen an die steinwant W. 465, 4.
wie es im Meler. 368 heifst   an den berc sluoc eneben daz mer.
unter einer schönen linde auf blumigen anger legt Wolfd. sich zum
schlafe nieder auf seinem satelbogen, da steigt aus dem meer ein
scheufsliches weib, das hinter einem baume verborgen ihn fragt,
wer ihm erlaubt habe auf ihrem anger zu liegen 478, 4. 480, 4. sie
weifs wie Tydomie bereits von seinem geschicke 487, 2. als sie
nun seine tugend erkennt, wandelt sie sich in leuchtende schönheit,
versöhqt sich mit ihm und stärkt den helden wunderbar.

Ich habe diese züge und verse nicht deswegen angeführt um
daraus auf unmittelbare benutzung des Wolfdietrich durch den Pleier
zu schliefsen. aber das bricht doch aus ihnen hervor dafs jene
aventüreneingänge des Tandarois und Meleranz auf derselben älte-
stem deutschem mythus entsprungenen sage beruhen die auch jenen
theilen des heldengedichtes zum grunde liegt. ich wage sogar die be-
hauptung dafs die gestalt der alten sage in den gedichten des Pleiers
dieselbe lokalfarbe trägt wie im Wolfdietrich. wenn man nämlich
von der eben angeführten zwergkönigin Albuin im Tandarois zu dem
noch sagenmäfsigeren zwergkönig Albewin im Garel hinüberblickt.

so fefselt besonders Albewins rath daselbst, das haupt des von Garel
erlegten ungeheuers ins meer zu versenken (vgl. Germ. 3, 40),

> Der marnær vuorte dez houbet hin
> in ein vil wildez lant,
> daz ist noch diu Satellege genant.
> dà koment ze samen geliche
> diu vier mer sicherliche.
> daz ist noch manegem manne kunt.
> dò warf erz houbet an den grunt.
> dò ez was an den grunt komen,
> ich sage iu, als ich hàn vernomen,
> daz mer huob sich von grunde,
> wüeten ez begunde . .
> daz ist noch manegem man erkant.
> ze der Wolfsatellege genant
> ist diu stat dà daz houbet lit.
> daz mer dà wüetet zaller zit,
> dà muoz er (l. ez) unz an suontac [ge]ligen.

aus der zwar unbeholfenen, aber doch bestimmten art der hier ge-
gebenen schilderung die den sonst beim Pleier, so viel ich weifs,
unerhörten übertritt ins praesens wagt, aus der echter volkssage
noch heute durchaus angemefsenen schlufsformel dieser verse, aus
dem klange der ortsnamen, und, wie ich meine, auch aus der lokal-
angabe spricht offenbar heimische überlieferung. noch leben ganz
ähnliche, nur mehr verchristlichte sagen in diesen gegenden. bei
Kufstein am Inn liegt der Thier- oder Schreckensee, in welchen ein
Franziskaner den entsetzlichen Schreckenstier bannte. in den Rein-
kahrer see im Winnacher thal ward von mönchen ein anderes stier-
ungeheuer hinabgestürzt, dessen brüllen aus der tiefe noch heute
männer von Brixen und Kitzbühel vernehmen. im Seefelder see bei
Zirl hauset gleichfalls noch jetzt ein drache, s. I. N. v. Alpenburgs
alpensagen s. 24. 27. 136. ferner glaube ich die Salzburger gegend
in jener darstellung erkennen zu dürfen. wenige meilen ostwärts
von Pleien liegen die vom verfafser erwähnten vier meere, die
grofsen Salzburger seen, der Traun-, Kammer- oder Atter-, Wolf-
gang- und Mondsee, in deren mitte das viel wilde land, das zerklüftete
Höllengebirge, emporragt. der Traun- und Kammersee wüten noch
immer, ihre stürme sind sehr gefürchtet, vor allen der aus westen
über den Traunsee rasende Fichtauer wind. jene beiden deutschen

ortsnamen Satellege und Wolfsatellege habe ich nicht an ihren ufern
entdecken können und ganz natürlich nicht; denn hätte der Pleier
solche genannt, so würde er ja seinem leser alle illusion entzogen,
seinen hinweis auf ausländische quellen selber zu schanden gemacht
haben. darum schlägt er bei erfindung deutscher örter dasselbe
verfahren ein wie bei den romanischen namensbildungen die uns
unten begegnen werden. er nimmt zwei oder drei wirkliche orts-
namen und klebt den losgetrennten theil des einen an den des an-
deren. der letzte ausläufer des Höllengebirges heifst der Kranabit-
sattel, so dafs ein name wie Satelegge, die ecke des gebirgssattels,
nicht auffallen könnte, zumal ähnliche formen, wie Satelarn, heute
Frauen-Sattlern, dorf im landgerichte Vilsbiburg, s. quellen 1, 271,
Satelbach und Satelbogen in den bairisch-österreichischen grenz-
landen sehr gangbar sind. aber auch von Satel abgesehen finden
sich ganz ähnliche namen wie jene beiden in der nachbarschaft un-
seres dichters. ein wenig oberwärts Pleien lag an der Salza die
burg Salekke, deren herren deshalb in urkunden des 12n und
13n jahrhunderts öfter neben den Pleiern erscheinen, s. quellen 1,
334. 349. 353. 354. mit Pleiern tritt gleichfalls ein Konrad von
Wolfesekke auf, das im Hausrukkreise drei stunden von Lambach
entfernt ist, s. quellen 1, 328. endlich stellen sich in der urkunde
vom j. 1268, die uns oben bereits den Wimar Frumesel geboten
hat, als bürgen dicht neben einander, Konrad von Satilpogen und
Gebolfus von Salah (d. i. Salekke, vgl. quellen 1, 334), s. quellen 5,
228. aus diesen ihn umgebenden örtern hat der Pleier augenschein-
lich die elemente zu seinen Satellege und Wolfsatellege (l. Satelegge,
Wolfsatelegge) entnommen. ist es zufällig dafs im Meleranz wie
Wolfdietrich der satelbogen in derselben scene wie sonst selten
hervortritt oder weiset er auf früheren bedeutsamen zusammenhang
mit dem reichen bairischen edelgeschlechte der Satelbogen? s. quel-
len 5, 321. 353.

Dafs dem Pleier in jenen theilen seiner romane die Salzburger
seegegend mit ihren sagen vor augen geschwebt habe, bestätigt nun
auch wieder ihrerseits die verwandte geschichte des Wolfdietrichs.
als er str. 461 mit dem sattel auf dem rückel auf ein gebirge kommt
(da leuchtet im der sunnen schein), da erhört er eine laut durch
berg und thal schallende stimme: str. 462 'ich wæn, ditz si diu
helle' sprach Wolfd. str. 463 glaubt er sich die teufel nahe und
Lucifern schreien zu hören. da bemerkt er str. 465 dafs die an die

felsen schlagenden seewogen das getöse verursachen. str. 466 ff.
nun kommt er auf einen lieblichen anger mit grüner linde. str. 468
er legt sich auf dem satelbogen nieder. str. 469 auf dieser aue
wünscht er zu sterben. am linken ufer des Traunsees liegt jenes
sonnige gebirge, der fast 3000 fufs hohe Sonnsteinspitz, weiter nord-
westlich das Höllengebirge (diu helle), vor dessen fufse jenes sturm-
berüchtigte Viechtau. am schräg gegenüberliegenden ufer in der
nähe von Gmünden steigt der Himmelreichberg empor, unter dessen
gipfel sich die schöne Himmelreichwiese erstreckt, ausgezeichnet
auch durch eine ganz einsam stehende uralte fichte. wo könnte
Wolfdietrich sich befser den tod wünschen als auf der Himmel-
reichwiese? der ungefüge bach str. 465, 2 mag der durch die Hölle
strömende Höllenbach sein; jenes teuflische wafsergebrause versinn-
licht auch das in Berchtesgadener urkunden erwähnte Tiuvelsgefelle,
s. quellen 1, 274. auch sonst tragen manche örter dieser wilden
striche nach dem teufel ihren namen. so heifst der steile in den
Mondsee fallende abhang des zum Höllengebirge gehörigen Schaf-
berges beim volke der Teufelsabbifs und noch hört es im etwas
südlicheren Tannengebirge bei Hallein den teufel rumoren, s. Alpen-
burg alpensagen s. 2.

So schimmert auch durch die faden Artusromane unsers dich-
ters in diesen stellen die poesie deutscher sage hindurch, unge-
hindert brechen im Garel und Tandarois die deutschen zwergnamen
Albewin und Albiun vor und das wild-liebliche land, welches im
Meleranz Tydomie beherscht, heifst Kamerie, nach der zwischen
Tannen- und Höllengebirge sich erstreckenden Kämmerei, dem Salz-
kammergute oder dem am fufse des Höllengebirge am Kammersee
schön gelegenen schlofse Kammer. der sagenschatz gerade dieser
und der anstofsenden Tiroler gegenden strömt über von überlie-
ferungen über wilde männer, weiber, riesen, zwerge, teufel, selig-
fräulein, ungeheuer, zauberhaft schöne wiesen, rosengärten u. s. w.,
wie sie die pleierschen romane und der Wolfdietrich voraussetzen.
den Untersberg, an dessen westlichem fufse Pleien liegt, bewohnen
noch heute wilde männer und riesen, s. Alpenburg a. o. s. 1. 2. vgl.
s. 166. 172. 213. 264. sie stehen im kampfe mit den holden selig-
fräulein s. 287. 336. 342. nicht weit davon gehen auch sagen vom
bösen klausmann um, wie wir solche gestalten im Tandarois ge-
funden haben, s. Alpenburg s. 178. bei Innsbruck findet sich im
riesenhaus von Leiten zwischen Seefeld und Zirl ein gemälde vom

j. 1507 das unter anderem ein nacktes meerweib darstellt wie es
mit der hand die wurzel eines baumes berührt, s. Panzer baier. sagen
2, 62, und aus Vernalekens mythen und bräuchen in Österreich
s. 247. 248 ist bekannt dafs die wilden frauen, langhaarig, das ge-
sicht mit borsten bedeckt, mit tiefliegenden augen und breitem
munde, von einer zauberkräftigen, auf dem seegrunde wachsenden
wurzel sich nähren. mit diesen schilderungen treffen bis ins ein-
zelne die strophen 471—473 im Wolfd. A zusammen. der in str.
499 ff. durch eine zauberwurzel des meerweibes seine alte kraft
wiedergewinnt. in dem obern theile des Etschthales ferner, der vom
Inn nicht weit abliegt, um Meran, lebt noch heute die rosengarten-
sage, s. Alpenburg a. o. s. 246. Zingerle sagen und märchen aus
Tirol nr 103; auch ihren eindrang in Pleiers dichtung zeigt der
herliche garten Eskilabons Germ. 3, 30. 32, dessen besitzer frei-
lich wieder aus Wolframs Wilhelm genommen ist[1]). bleibt man
im Innthale und steigt der quelle des stromes nach, so trifft man
am Oberengaddin endlich auf die gletscher des Septimer und hat so
von Traunsee bis hieher das ganze gebiet durchwandert, von dem
Septemer biz ûf die Trûne, das im gedichte von Dietrichs ausfahrt
str. 155 (v. d. Hagen heldenb. 1855 bd 2) Helferich von Lune be-
herscht[2]). ich führe dies hier an um bis zur grenze eines durch-

---

1) bei dieser gelegenheit mag noch ein weiteres zeugniss für die tirolische
heimat Ortnits und des ersten Wolfdietrichs aufgeführt werden, s. K. Müllen-
hoff zur gesch. d. Nib. s. 10. 23. im Ortnit nämlich ist str. 510, 4 (v. d. Hagen
heldenbuch 1855 bd 1) von einer seltsamen gabe die rede,

       ez ist auz dem garten ein abrahemische krote.

hier steckt offenbar ein fehler, da eine kröte Abrahams doch allzu sonderbar,
ein garten desselben aber wohlbekannt ist. die kunde von diesem ursprüng-
lich bei Jerusalem gelegenen garten, die ich für den Orendel in der zeitschr.
12, 390 nachgewiesen habe, wozu man die berichte über das haus, das kastell
und das grab Abrahams in und bei Hebron in E. Robinsons Palästina 2, 706—
733 füge, braucht der verfafser des Ortnits nicht mit anderen bezügen auf das
heilige land aus dem orient mitgebracht zu haben, weil seine eigene heimat
wahrscheinlich damals schon eine gleichnamige örtlichkeit besefsen hat. ein
herrliches alpen- und waldgefilde in Tirol, südlich von Meran zwischen der
landschaft Giudicaria und der gemeinde Limone, heifst noch heute der garten
Abrahams, il giardino oder orto d'Abraham, s. Alpenburg a. o. s. 371.

     2) die Heidelberger handschrift v. d. Hagens liest Septemer und Tune.
der erste ortsname ist sicher richtig und Satenaw in der Wiener hs., herausg.
von Stark, str. 279 wie das näher stehende Seitmen bei Kaspar von der Rön
str. 51 müfsen zurücktreten. dafs die form Traue im reime auf Laue bei Stark
falsch ist ergibt schon die handschrift selber. indem sie für Laue str. 313

aus in sich zusammenhangenden sagengebietes zu gelangen welches
das ganze Innthal mit den seitenthälern, soweit sie in den Alpen
liegen, auf die natürlichste weise umfafst. die nordöstlichste grenze
dieses von südwest nach nordost streichenden alpengebietes bildet
eben die Salza mit den Traungegenden, die südwestliche der Septi-
mer. vor dem Etschthal, das sich wie der sonne, so auch den ein-
flüfsen des südens öffnet, hat das Innthal auch in den sagen einen
deutschen charakter voraus, nur die obersten bezirke desselben
stehen mit Italien in unmittelbarer verbindung. hier drängt sich
denn auch romanisches in sitte und namen ein. Dietrichs ausfahrt,
welche am Oberinn ihren ursprung haben mag, wimmelt von frem-
den benennungen; aber ihr zusammenhang mit der Innthalsage ist
keineswegs zerrifsen. auch sie beginnt, gleich den werken des Pleiers.
damit zu schildern wie der held, ungern von den seinen entlafsen,
aus der burg auf aventüre zieht. eine ganz ähnliche darstellungs-
weise wird seinem auszuge gewidmet. str. 19

> nu nàmens urlop unde riten,
>
> die rehte stràze si vermiten
>
> und ìlten gein dem walde
>
> und gegen eim gebirge hòch,
>
> daz sich ùf gein den lüften zòch. (vgl. str. 859, 5)

vergleiche mit den oben angeführten versen aus dem Wolfdietrich
A, Tandarois und Meleranz und den v. 8336. 37 im Tandarois

> ein starkez gebirge hòch
>
> daz ùf gen den lüften zòch.

dann vernehmen Dietrich und Hildebrant eine wilde stimme, finden
eine schöne frau und befreien sie von riesen und ungeheuern. sie
treffen dann auf einen ritter, von dem es str. 152 heifst

> den vant er unversunnen
>
> ligen vor des steines want,
>
> den helm er ime abe bant.
>
> mit bluote wol berunnen . . .

nach Tandarois kampfe an der steinwand gegen die schachleute
heifst es vom kaufmanne v. 4412

> dò vant er den ritter vor

<hr>

Laune, str. 593 Lune hat. Kaspar nennt dafür Tron, wonach der von Lùne
geforderte reim Trùne unzweifelhaft eingesetzt werden mufs für Tune, Traue
und Tron. die form Truna, Trune begegnet oft in urkunden der früheren jahr-
hunderte, während die Drau im Parz. 495, 39 Trà genannt wird.

> ligen unversunnen,
>
> des bluotes gar verrunnen.

Dietrich sitzt auch hier auf blumigem anger unter einer linde ab
str. 190. 223. auch die str. 222

> er kérte dez wazzer hin ze tal,
>
> daz nam von velsen manigen val (vgl. str. 273)

erinnert an den Tandarois v. 8344 ff.

> (er) kam ab dem berge in daz tal,
>
> des wazzers vluz gap grózen schal.
>
> swenne sínen val ein vels verlie,
>
> so enpfie ez ie ein ander.

in Dietrichs ausfahrt, wie im Tandarois, schliefst sich an diese verse
die schilderung einer schönen burg, aue und linde.

Auch hier denke ich nicht im entferntesten an unmittelbaren
zusammenhang des höfischen und volksmäfsigen dichters, nur
scheint mir das aus dem beigebrachten klar hervorzugehen, dafs
alle diese aventüreneingänge — und so darf man auch die eilfte
aventüre Wolfdietrichs nennen — im wesentlich gleiche thaten in
gleicher gegend in ähnlicher, oft sogar gleichlautender weise dar-
stellen, dafs also auch der Pleier wie die volksdichter aus der über-
lieferung seiner engeren heimat schöpft, der Salzburg-Tiroler.

Dafs ihm aber das Inngebiet bis zu dessen südlichster spitze.
bis in die anstofsende Schweiz vertraut war, glaube ich nun selbst
aus einigen romanischen ortsnamen seiner gedichte zu erkennen.
von solchen wimmelt das grenzland und deshalb lag es dem ver-
fafser nahe daher den schmuck seiner fremdklingenden namen zu
leihen. nicht weit ab vom Septimer liegt das Graubündener Rhein-
land, dessen eines seitenthal, das Lugnetzthal, früher die herren von
Belmunt besafsen. ihr stammsitz Belmunt erhob sich am linken
ufer des Vorderrheins. ein Heinrich de Belmunt erscheint im j. 1231
in Schaufigger urkunden nr 11, s. Th. v. Mohr regesten der eid-
genofsenschaft bd 1; im j. 1257 in urkunden von Disentis nr 59,
ebenda bd 2. die burg Belamunt kennt der Garel Germ. 3, 33.
wichtiger ist der seltenere name Gasterne im Meleranz 3925. 3941.
den eine landschaft in S. Gallen zwischen dem Wallensee und Züri-
cher see trug, das heutige Gaster. Bluomeneck. Bluomenstein und
Bluomental, zwar erst aus späteren jahrhunderten nachweisbare örter
der östlichen Schweiz, entsprechen dem Flordemunt im Meleranz
10464 ff. und Blüenden tal des Garel. die willkür des dichters aber

auch in den ortsbezeichnungen gibt sich darin kund dafs jener
Flordemunt in demselben gedichte beliebig auch Montellor v. 1667 ff.
genannt wird. deshalb dürfen wir im Belfortemunt Meler. v. 7103 ff.
wohl nur eine ebenso willkürliche zusammensetzung aus den ost-
schweizerischen Belmunt und Montfort annehmen, besonders da auch
ein Belfort in Schaufigger urkunden nr 35 im j. 1440 a. o. bd 1
erscheint, und ein Starkenberc im Innthale liegt. wenn er den namen
Bluomeneck romanisch widergibt, so hat er an anderen stellen, z. b.
im Tandarois, die deutsche wie die romanische form. Albiun heifst
v. 8431 die königin von den wilden bergen, v. 9688 ze salvax mon-
tan. auch solche doppelformen sind Graubünden früher wie jetzt
eigenthümlich: so heifsen die herren von Aspermunt bei Chur im
j. 1210 in urkunden von Schaufigg nr 6, a. o. bd 1, 1276 in ur-
kunden von Disentis nr 63 a. o. bd 2, auch von Ruhinberch im
j. 1261 in urkunden von Pfävers und Sargans nr 85 a. o. bd 1.
die herren von Wildenberch ebenda nr 86 werden nach dem orte
im Oberengaddin sich nennen. nirgend sind örter welche mit Mal-
beginnen häufiger als in Graubünden, dicht daneben noch in der
grafschaft Tirol liegt Montan, so dafs auch dem Malmontan im Tanda-
rois eine eigenbildung des Pleiers aus solchen elementen zum grunde
liegen mag. auch das einfache Montanie nennt der Tandarois. wenn
es sich der mühe verlohnte die wege der willkür eines wenig be-
gabten dichters weiter aufzuspüren, so würden auch noch andere,
vielleicht befsere beweismittel meine ansicht über seine fremden
ortsformen rechtfertigen. das Gasterne allein scheint mir für unsere
zwecke hinzureichen.

Nun wird der werth der drei Pleierromane fest bestimmt wer-
den können. jeder derselben ist nur ein sammelplatz von remi-
niscenzen aus verschiedenen höfischen dichtern, vom Bligger bis
zum Stricker herab, von einmischungen zeitgenöfsischer personen
und umliegender örtlichkeiten, von entstellungen heimischer sagen,
von schlechten erfindungen, die bald willkürlich sich ergehen, bald
verschiedene muster nachzuahmen und zu variieren suchen. solches
bestreben scheint unsern dichter im Garel in die weiteste breite zu
führen, im Meleranz näher einem gewissen ebenmafse gekommen
zu sein. dort mag noch etwas mehr frische und natur sich geltend
machen, hier einige kunst durchscheinen. der Tandarois theilt eher
jener beiden fehler, als ihre tugenden, weshalb ich es für unrichtig
halten würde, wenn man mit einer ausgabe dieses gedichtes unsere

ältere literatur belästigte. die ausgabe des Meleranz, die auszüge aus dem Garel und die hier vorgetragenen bemerkungen werden ein ziemlich vollständiges bild von dem Pleier jedem geben. damit ihm kein irgendwie wesentlicher zug abgehe, füge ich noch zum schlufse folgende nachrichten für die zeit- und sittengeschichte bei. der ritter begrüfst nicht mehr die dame so dafs er die bände höflich vor sich hält oder den helm nur vom haupte nimmt, nein, schild, speer legt er von der hand und wirft den helm vor ihr ins gras, s. Tand. 8505. 9315. des nähens in die kleider wird nirgend mehr gedacht; der schlaftrunk scheint dagegen zu allgemeinerer sitte erhoben, da er abends nie fehlt. das turnierwesen ist besonders im Meleranz schon zu sehr pomphaften äufserlichkeiten entartet. der stand der kauf- leute tritt angesehener hervor, der ritter redet den reichen kauf- mann v. 4345 herre an v. 4425. 4453 [1]) und bietet sich sogar ihm zu füfsen v. 4478. dagegen gibt der kaufmann dem besten arzte der stadt, die also mehrere besefsen hat, kein herr v. 4345. endlich mögen noch, um sie den stellen in der Germ. 1, 134 beizufügen, die verse 13143. 44 hier ihren platz finden

> 'küst an den besem, werder degen'
> sprach si, 'welt ir vor minen slegen
> genesen.'

Hiermit gehen meine betrachtungen über einen dichter zu ende der zu den spätlingen in seiner kunst und zu den letzten gehört die noch dem Artusroman ihre pflege widmeten. über seinen werken liegt kaum noch ein schwaches abendroth vom vergangenen her- lichen tage her, eine trübe, kalte und unfruchtbare dämmerung zieht bereits über sie hin.

Hamburg, am 20. april 1862.

ELARD HUGO MEYER.

1) schon dies einzige beispiel widerlegt Löhers behauptung in den sitzungs- berichten der k. baier. akad. zu München 1861. 1, 371, wonach der titel herr im 13. jahrh. nur herren von hohem adel zugekommen sei.